到上海去

水笑莹 著

浙江文艺出版社
Zhejiang Literature & Art Publishing House

图书在版编目（CIP）数据

到上海去 / 水笑莹著. -- 杭州：浙江文艺出版社，2025.4. -- ISBN 978-7-5339-7915-7

Ⅰ．I247.7

中国国家版本馆CIP数据核字第202545QL25号

统　　筹	王晓乐
责任编辑	许龚燕
责任校对	牟杨茜
责任印制	吴春娟
封面设计	孙　容
营销编辑	詹雯婷
数字编辑	姜梦冉　诸婧琦

到上海去

水笑莹 著

出版发行	浙江文艺出版社
地　　址	杭州市环城北路177号
邮　　编	310003
电　　话	0571-85176953（总编办）
	0571-85152727（市场部）
制　　版	杭州天一图文制作有限公司
印　　刷	杭州丰源印刷有限公司
开　　本	787毫米×1092毫米　1/32
字　　数	143千字
印　　张	8.875
版　　次	2025年4月第1版
印　　次	2025年4月第1次印刷
书　　号	ISBN 978-7-5339-7915-7
定　　价	58.00元

版权所有　侵权必究

附近的生活与当下的世情

(序)

水笑莹是华东师范大学2020级创意写作专业的学生，从入学到毕业，再到攻读博士，一路上生活发生了很多改变，不变的是她始终保持着写作热情和求索之心。能够在短短几年的写作后，出版一本小说集，是一份特别的"成长礼"。作为跟她一起度过三年求学时光的老师，看着书中的一篇篇小说，仿佛打开了回忆镜头，想起跟这些小说有关的课堂、聊天与讨论，有一种看到开花结果的欣喜。此刻，最想说的一句话就是：祝贺你，小说家水笑莹。

小说家有时候不是一个职业，而是一种特别的气质，无论这种气质是天生的还是后天培养的。从水笑莹的作品里，你可以感受到这种小说家的气质：诚恳的语气,智慧而有力的语言,从生活中习得的幽默和一点狡黠,当然还有对于写作来说非常重要的细节。我读到水笑莹的第一篇作品是《紫河车》,虽然当时作品尚未经过打磨,但细节已经足够动人,它们是带有光晕的,在复刻生活之外,作者借助主人公的视角穿透生活的种种表象,有一种自如把握的余裕。小说中的县城大龄未婚女青年成宵丽,被迫应对弟弟成斌早到的婚礼。她冷冷地发出这样的感叹:所谓婚礼好像也只是在做一场戏,他们事先写好稿子,用平时不会用到的词语来形容自己的幸福,只会越发显得不自然。中国式的婚礼上,最卖力的往往是收了钱的司仪,其他的人只把婚礼当成一个过场,他们明白,更多的事是在婚礼之外完成的,女主角冷淡克制与一针见血的语气,让人想起张爱玲小说中那些被置于婚恋市场上的女性故事。

小说家张怡微用"社交媒体时代的世情书写"来谈论自己近年来的写作,社交媒体是作品写作的语境,也是作品中人物交流、亲密或疏离的中介,它重塑和改写了当代社会的亲情、爱情、友情。毫无疑问,水笑莹的小说也是社交媒体时代的世情小说,无论是漂泊在大城市里的青年、留在小镇上的大龄姑娘、人到中年的夫妻,还是穿梭在病房里、雇主家的护工、保姆,他们的日常生活都无法避开各类社交媒体。但水笑莹把它只当作一般事实来写,似乎是刻意创造一种反差,她更看重人与人之间的交流与羁绊和人们在辛劳应对生活时挣扎的痕迹,她更注意形塑的是附近的生活,在家庭、职场、社区和日常生活中建立起来的真实关系。

小说中的人物大都处于物质生活不够富足的境遇中,他们首要的选择是去谋生或者稳住生活。尽管大部分主人公也是敏感细腻的,但他们抛掷了虚浮、矫情和自怜,实打实地跟世界做着有来有往的交涉,他们步履坚定,走一步看一步,在形势变动中维护着自己与世界的关系和情感模式。水笑莹的小说基本都是现实主义的,《洄游》《鸟居》《世纪大道的夜樱》以在上海生活的青年人为主角,他们几乎沥干了生活中的浪漫和幻想成分,小心地维持着自己的尊严和体面,从当下的处境划开一个口子,就能窥见那些漫游似的伤痕:平庸无奇的日常,疏远的亲情和难以抉择的岔路。比如《洄游》,一开头就把我们拉进一种极为实用的生活场景:青年人周日下午到商场约会,因为这个立体的空间里,所有的物品都堆放在触手可及的地方,个人无须做太多努力。

在《百年好合》《去迪士尼》《珠穆朗玛》中，中老年的女性们仍然肩负着生活的重担，她们平静地消化了时代让她们付出的代价，做着护工、保姆等体力劳动维系着家庭和自我的平衡，也各自设法去处理当下的困境和难题。她们没有非分之想，靠着天然葆有的厚实朴素本色，一遍一遍做着内心情感的体操，相较于姿态鲜明、快意恩仇、能够杀伐果断做出选择的女性，她们的故事因其平抑坚韧而扩充了生活的质感和分量。

水笑莹的世情故事几乎都有一点温情的花边，温情来自作者的"不忍"，来自小说中人物的朴实与温厚，也沿袭了小说中经常出现的情节——小人物短暂地"活"了一下。平庸普通的生活中，总有些欣喜和幸福的时刻，因为他们的生活宗旨就是通过自己的朴实、辛劳获得一些幸福和自由。小说集取名为《到上海去》，是一个跳脱性的思路，因为并没有这样一篇同名小说，"上海"就像那个温情的花边，装饰在这些故事的周围。《紫河车》的结尾，成宵丽终于从隐忍、沮丧的情绪中出走，跟兴趣相投的群友结伴到上海去；《洄游》中老家拆迁，再也没有家的钟紫冉，选择回到上海；在《去迪士尼》《世纪大道的夜樱》中，上海从远方变成故事的空间,地标性的迪士尼公园和地铁口绽放的夜樱又成为心灵的寄托。"到上海去"是一个心灵结构,既是水笑莹的现实经验,也是小说中主人公的精神依托。皖中地区出生的小镇青年,因为要谋生、发展,选择到大城市去展开生活,过去并不是被切除的阑尾,它跟当下藕断丝连,和未来互为支援。说到底,生活从来不是一个终点,而是一趟旅程,每个人都在埋头泅渡一个个难关。

我想,《到上海去》的出版,也是温情的一种,是漫长写作生活中的一份甜点,短暂的休憩之后,还要继续开往下一个车站,勇敢前行吧,小说家水笑莹。

项静

目录

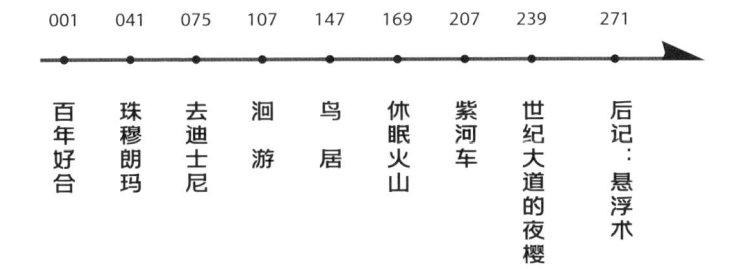

001	041	075	107	147	169	207	239	271
百年好合	珠穆朗玛	去迪士尼	洄游	鸟居	休眠火山	紫河车	世纪大道的夜樱	后记：悬浮术

百

年

好

合

一

出了住院部大门，陈俊青来到医院外的食堂，买了五毛钱的面条，五块钱的花菜烧肉丝，算是荤菜，又在素菜区打了两块钱的红烧豆腐。食堂是一座单独的两层建筑，外头新刷了白漆，里头的蓝色塑料椅子因为用久了，上面白蒙蒙一层。日头大，她撑了伞，提了饭盒，走过没遮拦的空地，才回到住院大楼的一楼大厅，再等电梯上去。有人拉着她问，大姐，哪个电梯能到七楼？陈俊青努努嘴，喏，对过那一排，靠右三个。

她提着饭盒挤进电梯，自动走到角落里。旁边两个男人，看起来是兄弟，一样的黑瘦，像晒干后抹了酱油的丝瓜。一个说，这病怕是好不了。另一个说，他年纪大了，手术也吃不消。电梯一路上行，人越来越少，到十层以上，松动了不少，她靠在电梯里的栏杆上，到二十层后，才不慌不忙地出去了。

茶水间里，几个人正在微波炉前排队热饭。她从饭盒里拨出一小部分面条和豆腐，放到另一个碗里，面条有点坨了，她加了点自来水进去，用微波炉热五分钟后，再用筷子把面条和豆腐夹碎成糊状，晾凉。叫阿凤的护工排在她后面用微波炉，她瞥到阿凤的饭盒里有鸡腿和百叶结红烧肉，食堂的标价都是十块钱。一顿饭就是二十来块。这么吃哪存得住钱！她想到刚来的时候阿凤并不是这样，六块钱的青椒土豆丝盖浇饭就是一餐，便觉得护工间的一些流言蜚语似乎得到了验证。

面条稍微凉点后，俊青端着碗和饭盒去了病房。她给田玲当护工的时间不长，她们同岁，都属蛇。上个月田玲刚经历过一次大出血，俊青知道，对肠癌病人来说，大出血意味着时日无多，即使暂时恢复过来，也不过是早晚的事。

俊青问田玲，是躺着吃还是坐着吃。田玲说，你扶我坐起来吧。俊青扶起她，很小心，早前帮田玲擦拭身体的时候她留意到，田玲背后有好几块青紫色斑块，俊青知道那是出血点，因此每一个动作都格外小心。医生也说，没有更好的办法，只能每天输点红细胞悬液，让她好受些。因为体内还有些小的出血点，田玲的床上一直垫着尿垫，到了这一步，人就像条要沉的船，到处都是漏洞，修补都不知道从哪里下手。

田玲吃过几口，就表示自己不想再吃了。俊青问田玲，要躺着还是继续坐一会儿？田玲摆摆手说，坐久了血供不到脑子里，还是躺着吧。她躺下后，用一只手抠着另一只手的指甲。田玲的侄子田亮拎着一袋水果进来，刚好看到了，跟他姑说，别抠，你血小板低，抠出血就不好了。又把水果放到病床前的柜子上说，陈姐，你们吃。

田玲不答话，仰头看着输液袋，药水一滴滴往下流。她问田亮几点了。田亮说，快十二点了。田玲说，你不去送外卖吗？田亮说，今天不送，休息，来陪陪你。田玲又问，明天能输血小板吗？田亮说，应该能输到。其实俊青知道，血小板是很难申请到的，田亮这话只是为了安慰他姑妈。

刚在茶水间洗好碗，俊青就接到阿妈的电话。她知道阿妈为什么事找她，多半是阿爷拨的号码，但他不好意思跟俊青说，就让阿妈开口。她接了电话，问阿妈身体怎么样，有什么事。阿妈嘴里说着话，俊青听不大清楚，阿妈的牙齿已经脱落了好几颗，精神也不太好，讲话没有条理。俊青让阿爷接电话，电话那头阿妈对阿爷说，我说让你说吧，我讲又讲不清楚。

阿爷说，前几天你回来过端午，我跟你说的事，你还记得吗？弟弟妹妹们都觉得没问题，可以凑点钱出来。现在就看你怎么想了。俊青跟阿爷说，我晓得了，你不要老是催，我还要跟人家侄子商量的。

二

俊青的老家芜城和芜湖市之间，只隔着一条长江。端午节她回去看过阿爷阿妈，替他们打扫了屋子，换上蚊帐，给阿妈剪了头发，屋前的石榴树挡住了阳光，她用铁锹砍断了，石榴花撒了一地，她捡起来，用线穿成一串，挂在蚊帐上。阿妈问她哪里拾的鞭炮，她视力不大好，前两年又得了关节炎，不爱出门，好像只有在屋子里才安全。药是一大把一大把地吃，情况却没有好转，手脚都已变形，像鸡爪子。阿爷今年七十九岁，身体还算硬朗，但他的兴趣在牌桌上，家中的菜园子渐渐长了草，鸭子也只剩下五六只。

午饭是她和阿爷做的。小弟俊亮陪媳妇去娘家过节，二妹俊霞一家在北京，好几年才回来一次，钱倒是年年打，因此阿爷常说俊霞孝顺，喝酒的时候说，打牌的时候说，吃饭的时候也说。俊青的丈夫早年去世了，唯一的儿子今年没有回来过节，于是她索性回去陪陪老人。

阿爷从芦苇荡边扯了一把嫩艾草挂在门上。俊青看见了，问阿爷，菰瓜长出来了吗？阿爷说，出来了，扯了边上几根，掰开有点老了，荡子中央的嫩。俊青卷起裤脚，拿起铁锹，走到屋后。从小径两边宽阔的田地延伸出去，远处的河滩若隐若现。有人在田埂边稀稀疏疏点了几窝豆角，用捡来的木棍搭了架子，鸡用爪子划着泥巴找食。一条长长的田埂，爬满牛筋草，六月雨水多，田埂上的烂泥里还留着阿爷的脚印。俊青把凉鞋脱下，赤着脚走过，不远处是族家，村中人都叫它陈家老坟，山坡一样的坟堆上古树抱成一圈。千禧年后，房下不少人外出做生意赚了钱，他们请道士挑了吉日，用水泥沿着坟堆圈起来，箍桶一样，树木则一棵未动，按照道士的说法，这些都是根本。房下的长辈死去，都要进

百年好合　　007

陈家老坟。与时俱进一般,死去的人的住所条件也得到了改善,道士托着罗盘,嘴里念叨着咒文,在一个地方定住,指挥族中男子用铁锹挖了一抔土,盖住一张黄表纸,道士指明,要在这里建一个阴宅,背山靠水,泽被后世。很快,阴宅建了起来,朱红的对开木门,鎏金的兽头门环,金色的琉璃瓦顶。俊青经过陈家老坟,她知道,从阴宅建起来至今,已经有八位长辈的骨灰盒盖着红布被送进去了。

经过陈家老坟的时候,她下意识加快了脚步。正对着田埂的,是一个双人墓,墓碑上刻着的"先考先妣"的姓名和生卒年早已模糊,墓旁的宝塔松有两三个人那么高,一只母鸡孵在坟上,另一只母鸡在一旁用爪子划着沙土找虫子吃。尽管这坟从她出生时就在,先人的骨殖可能早已化作泥土,但每次经过,她都要加快脚步,土蛙藏在草丛里,不知道什么时候就咚的一声跳进路边的小沟中,沟渠连通着村子里的小池塘,一路延伸到路尽头的大河滩。这十来年,村中生产羽毛球的小作坊多了起来,羽毛是从东北那边进过来的,上面满是灰尘、螨虫和血污,工人们扛着一包包羽毛,送进大蓄水池里,再倒进两桶杂牌的洗洁剂,清洗后再过两次水,羽毛就变白了，白得看不出它们是从血肉里拔出来的，村中的沟渠一天天浑浊起来了。

过了陈家老坟，她拐了道，向右，右边有一片香樟树林，香樟林尽头有弟弟俊明的坟。二十岁那年，俊明喝了一瓶敌敌畏，死掉了。

俊青记得清清楚楚，一九八九年十月十七号，收稻的日子，早起有一丝冷，人们穿起了长袖外套，家家都紧盯着地里的稻子，吃饭时也不像往常一样，一群人捧着碗蹲在树下相互开玩笑了。俊明没考上大学，回家当了农民。他在县里读的高中，那时候俊青拿了家里的鸭蛋上街卖，会穿上新的的确良上衣，夏天衣服上别栀子花，两条麻花辫绑得紧紧的，扯得头皮痛。卖了鸭蛋，她会抽出一点钱，去县二中送给俊明。她还记得，当时县二中的大门远没有今天气派，看门的老大爷嗓门大，问她找谁，她在门口的台阶上蹭掉脚下沾着草叶的泥巴，抻了抻衣角，大方地报出俊明的名字。乡下人进城，总是不说多话，怕露了怯，只有在这个时候，俊青才会感到骄傲。进了校园，她走在水泥路上，教学楼是一栋六层建筑，如今早已推翻重建了，她找到俊明的班级，俊明大多数时候都在位子上看书。但有一次，她没

百年好合　　009

找到他。经过同学们的指点，俊青在教学楼后头的小花园里找到了俊明，他正和一个女同学并排坐着，女同学手里拿着一个苹果，俊明又从包里掏出一个苹果，女同学把它们都塞进书包，两人笑着说话——俊明恋爱了。

高考失败后，俊明回了家，恋爱也不了了之。他无所事事，每天闷在房里。割晚稻需要人手，阿爷跑到房里，一把掀开俊明的被子，说鸡都叫了几遍了，你阿姐老早就做好饭，快起来吃了去割稻。俊明戴上眼镜，穿了布鞋就要出门，阿爷拉住他，从房门口拾起一双草鞋给他，说，今天穿这个，别弄脏鞋。俊明穿上草鞋，就没有穿平时穿的白色衬衫，而是套了件打了补丁的土布衬衣，戴着草帽拿着镰刀就下地了，早饭也没吃，任凭阿妈在后头喊着，也不回头。

俊明割稻很下力气，但毕竟是个拿笔杆子的，俊青在一旁，听到他的喘气声，就让他去田埂上坐着歇一歇。俊明直起身，捶了捶腰。阿爷在不远处喊，俊明，用箩筐挑了稻草回家吧，明天再打稻谷。俊明抱起割下的稻秆，放到田埂上，再连同田埂上的其他稻秆一起拢到箩筐中，蹲下身，把扁担放到右边肩膀上。阿爷抱着一把稻秆，添进箩筐里。俊明吸一口气，晃晃悠悠地挑起扁担，上了田埂，经过一个沟时，他没留意，跌了一跤，栽在旁边的荸荠田里，一身泥水，眼镜也变了形。文不能文，武不能武。阿爷说着，还是去扶起了俊明，对他说，回家换身衣服，稻子我们晚上再挑回去，快到中午了，你阿姐上午烧的粥还剩不少，你盛出来凉一下，再捞点咸菜炒蚕豆米，中午送过来。

忙到中午，人的影子都变短了，旁边田里的人都坐到树荫下吃午饭了，俊明还是没有回来。俊青在荸荠田里掏水洗了手和脚，上了大路，打算回家看一看。她回到家，发现粥还在锅里，咸菜也没有捞，鸡窝里的鸡蛋也没拾。她敲了俊明房间的门，无人应答，她推开门，俊明倒在地上，嘴巴里全是白沫子，身体还在抽搐。

村里人都停下了手中的活，阿爷借来大队的拖拉机送俊明去县医院。晚了。俊明应当是回家后就喝了药，送到医院，毒素已经进入血液了，大脑也因为缺氧而脑死亡了。

俊青走到俊明的坟前。当初下葬时，还是土葬，俊明没结婚，无儿无女，不能算"成人"，因此也没有墓碑，更不能进陈家老坟。这两年，家中人出了点钱，把俊明的坟修了下，在原来的坟上修了一间小水泥屋，也算是对他的一点惦记。俊青用铁锹铲掉了坟前的杂草，又用草结了个把子，扫了扫墙壁和房顶上的灰，这里地势算高，能看到不远处的大河滩。大河滩不是一条河，而是不间断的一片湖区，地势很平，湖水无边无际般延伸着，太阳出来，水汽蒸发，在空气中留下透明的波动痕迹。四时常能看到鹭鸶成群飞在湖上，冬天还能看到北方飞来过冬的天鹅和大雁。再远处就是山的轮廓，但山很远，只在晴天才能看到。

俊青的心里忽然冒出一个想法：看了这么多年风景，俊明会不会厌倦？

回来的时候，俊青手里多了一把嫩苽瓜。吃完饭，阿爷让俊青帮他把堂屋里的观音像搬到厨房，下午，堂哥陈建民要来给阿妈祷告。堂哥家后院专门收拾了一个大房间，墙上画了耶稣像和红红的十字架，里面摆了一台钢琴和几排木椅，每到礼拜天，都会有牧师夹着黑提包过来，村中的老人们推三轮车，中年女人骑电动车，到点就来。座椅不够时，好些人只能坐在蒲团上，小房子里不时传来弹琴和唱歌的声音。每到圣诞，房子前会放一个箩筐，信众们往里面扔点钱，就进房子，里面请了人来唱歌，有时也会请本地的庐剧班过来，唱《傻子拜寿》或者《酒鬼子上吊》一类的剧，听完戏，每人能领一包糖回去。

阿妈过去也常去，但自打关节炎症状加重后，就很难出门了。阿爷，该吃药还是吃药，祷告好不了。俊青说着话，手里捧着观音像，很小心。晓得喽，药不晓得吃了多少，什么偏方都打听过，你阿妈的手越来越严重，祷祷告，兴许有用，我每天早上也给菩萨烧香，有时候，就是看运气。方家碾有个人，得了关节炎好多年，严重的时候下不来床，有天不知道哪里来个算命的，给了她一服药方，喝了就好了，现在天天去摸牌呢。阿爷说话的声音很小，生怕房间里的阿妈听到。俊青说，过完节我回芜湖，阿妈的手要是严重了，你就跟俊亮说，到芜湖来看。

阿爷点点头，问俊青，方磊在上海怎么样，谈对象了吗？俊青把观音像放在厨房的小桌子上，桌子下有一个红桶，里面放着包好的生粽子、鸭蛋和蔬菜，苋菜、茄子、青椒都有，满满的。她知道，这是阿爷给她准备的。她说，我一跟他说这个，他就挂电话，他那个公司，天天加班，还存不到什么钱，房子又那么贵，到头来还不是要啃我的老骨头!

阿爷指了指地上的红桶说,你一会儿带回芜湖去。年轻人,能出去搞到钱,不像我们,就等着进老坟了。

讲完这些,他没有走,而是坐在桌边对俊青说,家里这么多兄弟姐妹,我最疼你跟俊明。我以为你是有福气的,你跟着传茂头几年,日子过得舒心,我看着也高兴。谁知道传茂死得早,我也没能力帮你们,你一个人伺候病人挣钱。现在方磊熬出来了,你的福气估计在后头呢。俊明是真可怜了,有时候半夜想到他,我的心都揪到一起,头和脚像泡在大河滩的水里一样冷。

俊青不知道阿爷到底想说什么。

阿爷不紧不慢地说,我去找了关亡的人,说是俊明在下面孤独,没成人就走了,魂不散呢,一直在家,你妈身体才不好。俊青觉得有点荒谬,冲阿爷说,那有什么办法?冬至我去香烛店里买个纸扎人烧给他?阿爷拿手来回摩挲着桌子,忽然咧开嘴笑,像是在掩饰尴尬。我想,要不你们姊妹弟兄凑点钱,找个人家,把俊明和人家女孩的坟迁到一起,也不用像过去那样摆酒吹唢呐,让山人来作个法就行。

俊青看着观音菩萨手里的净瓶,想了会儿才说,依我的想法，没这个必要，这个钱不晓得要多少。再说，俊明走得早，现在上哪找二十来岁的小姑娘？个个家里都当宝，不会答应的。上了年纪的，哪个家里没老公孩子，谁愿意把坟迁过来？去偷？去抢？阿爷不说话，抬手擦了擦眼泪说道，我那天说他文不能文，武不能武，哪知道他气性那么大，要是早点发现，拉医院说不定还能活。他的声音像雨天屋檐上流下来的细细的雨帘，被风吹得颤颤巍巍。

二爷在家吗？陈建民朝里喊，俊青和阿爷出门，陈建民夹着一本《圣经》进来了，阿爷领着他去了阿妈的房间，一会儿，俊青听到嗡嗡的祷告声。

堂屋里的座钟咚咚咚地敲向下午三点，一只猫跳上茶几，香炉后观音的神像被暂时藏在了厨房，那猫就蹲在香炉后，自顾自地舔着手掌上的肉垫。

三

打完电话，俊青回到病房的时候，田亮正在给田玲读手机上的新闻。

田亮今年三十刚出头，穿一件半旧的棉T恤，身上晒得像酱鸭。他话多，愿意跟大家聊天，从十几岁进电子厂到现在送外卖，到将来想开店的事，他都愿意跟大家讲。他不是每天都来，俊青有时候听他跟老婆打电话，能察觉到他老婆对这个生病的姑妈的抱怨，但只要医生嘱咐了买什么药，俊青一个电话，田亮就会过来买。

田玲没结过婚。俊青打电话给儿子的时候，时不时以田玲为例，告诉他不结婚的坏处，到老了一个人住院，无儿无女，没人照顾，儿子总是不耐烦地挂掉电话。田玲左腿膝盖以下是空的，小时候从树上摔下来，骨折了，村子里找了个正骨的老头接上，但是接得不到位，几个月过去了，腿一直肿着，里面的骨头刺着痛，家里才借了自行车把她送去医院。小腿骨骨折，正骨是治不好的，收着治了好几个礼拜，因为拖得太久，又是夏天，感染一直好不了，再拖下去容易得败血病，最后截了肢。田玲养好身体后，第一件事就是拄着拐杖，去正骨的老头家，把他家的窗玻璃全砸碎了。

因为失血和癌痛，田玲大多数时候都不说话，活着就够费劲了。田亮给田玲读了会儿新闻，田玲就闭着眼睛别过头，俊青知道，那是疼起来了。

有一次，俊青问田玲，你那么爱念书，怎么没去考大学？田玲说，怎么没念，那时候读书多苦呀，冬天两只手上都是冻疮。两次我都考上了师范大学，但因为我这条腿，人家不收。俊青咋舌。

要是能再来一次，我一定不爬那棵桑树。田玲又自顾自说，都说家门口有桑树不吉利，我出事后，就砍了。我哥我嫂，就是田亮的爸妈，一九九七年在崇明种水稻，好好的，下雨天电线掉下来，电死了，我们接受不了，回家一看，那棵桑树旁边又长了嫩芽，我一壶开水浇上去，才彻底死了，但是我们家已经倒了霉了。

俊青不知道怎么安慰她，只能跟她说俊明的事，说他傻，性子倔，一点挫折就想不开，人生这么长呢！田玲听了不说话，半晌才开口，所以后来我想明白了，怎么活不是活，就去村里当代课老师了，孩子越来越少，学校后来也关门了。

天黑以后，田亮说要去辅导班接小孩，他交代俊青，有事给他打电话。阿爷的话让俊青苦恼，但她始终开不了口。半天，俊青才说，医生白天说，现在她吃不了几口饭，这样下去不是办法，要买白蛋白了。田玲在一旁摆摆手说,亮子,不要花那个钱,一瓶五六百,你一天能挣多少?

田亮说,姑,你别管了,五六百你侄子还是出得起的。陈姐,这几天我想办法,先买上几瓶,你让医生该用的都用上。

俊青点点头,又把田亮拉到楼梯口,实在不知道怎么开口,支支吾吾说了她弟弟俊明的事,末了添上一句,我也知道这事为难,但你好好想想,我们家愿意出十万块,我知道你们年轻人,能赚钱,但我看你一个人赚钱也困难,这些钱,给你姑和你家孩子买点东西也是好的。你姑是个爱读书的,我弟也是,他就是倔了点……

田亮从上衣兜里掏出一盒瘪瘪的香烟,从里面倒出一支,蹲在楼梯口。俊青看那香烟的红点,在黑暗中时不时地移动一下,江风从窗口吹进来,那支烟烧得很快。

我看还是不行!田亮开口,我姑养大我不容易,我爸妈走后,她拉扯我长大,一个女人,还只有一条腿,多不容易,我不能那么混账!

夜风吹进来,田亮把烟蒂蹍灭在鞋底,火花被风吹得飘向四周，不一会儿，火熄灭了，烟灰不知道落在哪里。田亮说，陈姐，明天我忙，怕是不能来看我姑，麻烦你了！

田亮走后，俊青回到病房，同病房的另一个护工王姐说田玲好福气，侄子孝顺。俊青不说话，人到了这个地步，算哪门子的福气？王姐打开病房的衣柜，把自己的衣服叠好塞到包里。俊青问她，晚上了，你收拾包干吗？王姐嘴巴一撇，说，喏，这家伙估计也就是今晚的事了。

俊青看着最里侧病床上的老人，他躺在那里一动不动，前几天，他偶尔还会抬抬手。每天早上，都有护士过来测体温和血压，王姐听完血压，就像整点播报新闻一样，告诉同病房的人，依照她的推测，这人还有几天好活。

今天护士一报血压，我就知道是今晚的事了。阎王要他三更走，哪能留他到天明。她一边说，一边将柜子里侧的包袱拿出来，里面是一个四方的盒子，装着一件宝蓝色的唐装寿衣。

俊青扭过头，看到田玲的眼神，因为肺部有些感染，她的体温有点高，眼窝泛红。俊青觉得王姐说话过于残忍了，她抱着胳膊，往后退了退，流露出一副恐惧的样子，她不愿看那个寿衣，对王姐说，你收起来吧，你怎么知道你猜得准？

我这都干了十来年了！给他穿一套老衣，就要多给我五百块钱呀！王姐说，妹子，你不会还怕这个吧！

俊青摇摇头，她干这一行，喜欢挑骨折或者动小手术的人照顾，养好了还能活蹦乱跳地回去，得了绝症的，她也不愿帮穿老衣。她老公方传茂死前，一直抓着她的手喘着粗气，她从来不知道，要死的人的力气会那么大，一个人要是一直惦念着人世，到死的时候，一定会紧紧抓住身边的人。

王姐对俊青说，妹子，你要害怕，今晚就去别的房间躲一躲。俊青坐在床沿上说，我不害怕。田玲指着床中间的帘子说，陈姐，把帘子拉上吧！我现在还好，你去找个干净的房间，好好睡一晚。明天一早帮我借个轮椅，我想出去走走。

你的血小板低，不好动来动去的。俊青害怕，要是挪动的过程中哪里有出血，这个责任她担不起。

没有事的！我跟我侄子说过了，在床上躺了几个月了，我想出去走走。

俊青只能说，这个还得问医生，他们说行我才给你借。

她们说话的间隙，王姐已经把寿衣大剌剌摆在老人的床头了，她凑到他耳旁说，我今晚就要走啦，你别乱拉屎拉尿，干干净净地走！老人使劲一抬腿，踢得床咯噔一声响。王姐嘴角扯出一丝笑，哟呵！你还挺厉害。

不一会儿，王姐已经收拾好了自己的行李，就放在床边。她打开一旁陪护的折叠床躺下，没盖被子，对俊青说，妹子，你出去帮我把灯关下，这家伙上半夜估计还有一会儿可活，说着打了个哈欠。

四

俊青抱着被子出了病房，身后响起了王姐的鼾声，睡得真快，仿佛没有一点儿心事。她腾出左手，将病房的门轻轻关上，鼾声像与空气隔绝了的火苗般，悄然熄灭。六月的江风从左手边的走廊窗户吹进来，她用一只手拉拢开衫的衣襟，但她能感受到，自己起了一层鸡皮疙瘩。

走廊里的灯都灭了，右手边不远处的护士台像一座孤岛，散发着清冷的白光。走近护士台，她看到值班的护士小李正趴在桌子上睡觉，身后的那块电子屏上，整齐地排着六七排小红灯，每一只红灯下都贴着病床号和患者姓名，姓名下面标着病症，多数后面加着"Ca"的字样，也就是癌症。

她轻轻地走过，生怕吵醒护士，当她感到自己从光明重返黑暗的时候，护士身后的屏上一个红灯忽然亮了，然后响起了一串铃声，这是萨克斯曲《回家》的旋律。她老觉得这段音乐很耳熟，后来才想起来，一九九五年，老家第一个购物商场开业时，她的老公方传茂带她去买过衣服，那时卖场里播放着开业酬宾的广告，背景音乐就是这一段。护士被铃声吵醒了，拿起电话说，知道了，我来看看。

俊青抱着被子，蹑手蹑脚地溜进左手边的一间病房，三人间的病房本来住着两个病人，下午俊青在护士台领取免费口罩时，看到一个病人的家属在办出院手续。到了这个地步，出院只有一个意思——回家等死。病房的灯是关着的，梅雨季还没到，江边天高气爽，月光无阻拦地从窗口直直射进来，在地面留下一方四方形的光亮。

靠门的床边睡着阿凤,她是巢湖那边的山沟里来的,四十岁不到,生了三个孩子,跟老公吵架,赌气出来了,孩子都丢在老家。她一开始笨手笨脚,换尿布都不利索。俊青告诉她,妹子,换尿布多麻烦,拿一次性塑料袋绑在那东西上,方便又不脏。阿凤照做了,但终究还是嫌弃这个活脏,老是在手机上看招聘广告,看来看去,要么钱少,要么对学历有要求,只能困在这里伺候人。

阿凤照顾中间那床的老人已经快一个月了,在护士身后的那块板上,她的名字是萧二妹,但阿凤只会"喂、喂"地叫她,有时她不老实,要拔输液管,阿凤还会打她的手心,像对小孩一样。俊青把被子放在最里面的床边,下午这一床的病人出院后,护士们就抬着消毒机,将病床消好了毒。俊青铺好被子后,侧身躺在上面,她感到一阵疲惫。她已经很久没有好好休息了,一来是田玲不好伺候,晚上老是要上厕所,再来就是医院给陪护人员的折叠椅,虽然摊开就是一张床,但是实在太窄了,翻身都困难。护工们自嘲,自己像电视里的小龙女一样,给根绳子就能睡觉。

因为月光很亮,俊青能看到隔开床与床的蓝色布帘上起着的毛球，不知道被多少双手摸过。刚干护工时，她是不适应的，总觉得这也脏那也脏。说起来已经是二十多年前的事了，那个时候方传茂查出了病，拍的片子上显示肺部有"磨玻璃结节"。俊青没读过什么书，看不懂这意味着什么。她小学只读到三年级，家里没钱买课本，阿爷说，那就不读了吧，刚好村里砖窑厂要草包盖砖，你跟二妹来织草包，织好了，拿了钱，过年给你和二妹一人做一身新衣裳。她一直很听话，就跟老师说，我不读了。后来老师去她家找过她，想让她回学校，阿爷碍于老师的面子，问她，你要读吗？她搓着草绳，看着手腕处短了一截的棉袄，脑子里想着过年要做什么样的新衣服。她心里有主意，一定要阿爷去县城，给她做一件厚厚的红棉袄，料子要选灯芯绒的，摸起来柔和，里头要填上厚实的新棉。她对老师说，我不想读了，我想织草包。老师叹了口气，走了。

后来阿爷拿着钱去赌，没有赢，反倒输了，人家来家里要账，阿爷蹲在屋下，说没钱，耍无赖。那人踢了阿爷一脚，他一个趔趄歪倒在地上。俊青和阿妈在家，眼睁睁看着人家把家里的米桶搬走了，阿爷爬起来，抱着手看着，仿佛这是一件与自己没有关系的事。到了响午，阿爷说要做饭，阿妈一边哭一边揶揄他，哪里有米。他拿起锤子，把灶台锤了一通，阿妈气得要收拾包袱回娘家。俊青害怕，阿妈一走，阿爷除了在家烧香烟就是去摸牌，家里的弟弟妹妹们都围着她要吃的，她害怕那几张红口白牙的讨债鬼。她跟阿妈说，今天你要走了，这个姐姐我也不当了，明天你们就来大河滩收我的尸。阿妈躺在床上，拿一块白毛巾盖住额头，嘴里哼哼着，说几句"这日子没法过了"之类的话，阿爷也没理她，躲在灶下抽烟，然而他也没有出去打牌，毕竟再无钱钞往外输。

因为这笔欠债，那个年他们过得很紧巴，俊青和二妹俊霞没有得到许诺的新棉衣，也没有再回过学校。

"磨玻璃结节"，俊青不明白这是什么。方传茂那几天一直叹气，他高中毕业后没考上大学，当了几年砖窑厂会计，下海潮一来，再加上儿子方磊的出生，他仿佛受到感召一般，辞掉了每月三百十六块钱的工作，在县城开了家馄饨店。这个决定当初没有得到俊青的支持，她嫁给方传茂，多少看中了他身上读书人的气质，他还会教俊青读报纸，这样的生活，开馄饨店以后就一去不复返了，他每天凌晨四点多就去买新鲜的猪肉、蔬菜和河虾,回来后将肉细细地剁成泥,是没有时间读早报的。

那时候他们的馄饨店开在县城小商品市场楼下,那里有一溜的摊头,位置好,为了盘下这个摊头,当初方传茂着实下了一番功夫。夏天热,店面小,只有一台风扇在头顶吱呀呀转,日出前,方传茂脱了上身的衣服,系一条围裙,两手拿着剁肉刀,吸口气,使力将肉剁成糜,这时市场上还没有顾客,他剁肉时有细密急促的咚咚声,在这声音短暂地停止时,他能听到旁边的店家放自来水的声音,待宰的鸭子在吃食的间隙发出的一两声叫,整个市场都在为白天做准备。不一会儿,太阳出来,清晨的凉气被日光晒热了,食客们就要上门了,这些嘴巴受了几十年的苦,到九十年代末,终于可以光明正大地挑剔食物的味道,即使只是再普通不过的一碗鲜肉河虾馄饨。

一整个上午,包馄饨、煮馄饨、出餐、收银,方传茂一个人忙不过来,那时俊青生了儿子方磊,他不舍得让她来帮忙,就雇了个女人。俊青偶尔去馄饨摊,看到台阶上一小堆虾头,就用戴着玉镯子的手指着,要那个女人清理掉。她生完孩子后,觉得自己胖了,手上戴着的玉镯子摘不下来了，夏天穿短袖，肉和玉镯子大剌剌地展示在外面。那个女人听到她的话，就放下手头的活，拿出笤帚和簸箕，她又嫌会弄脏簸箕，那个女人就套上塑料袋，用手把虾头拾起来，扔到垃圾桶。这样的生活，让她渐渐感到了熨帖，她对方传茂当初的决定，变得再支持不过了。

那时俊青对肺病的了解，仅限于肺结核和肺气肿一类，方传茂带着县医院拍的片子，一个人去了芜湖弋矶山医院，回来后，他辞了那个女人，决定盘出馄饨店，俊青当时也察觉出了端倪。方传茂坐在门口的椅子上，半天不说话，她让儿子磊磊往父亲嘴里塞一颗糖，想要逗他笑。以往，方传茂会抱着方磊，拿出一本书教他识字，问他将来要考哪个大学，但那天方传茂只是勉强笑了几声，转头要俊青收拾几件衣服，他要去弋矶山住院。

不到一年半，方传茂就走了。从她嫁给他，到他走，一共只有不到十年时间，儿子方磊今年三十了，不知不觉间她比他多活了二十几年。做护工也是偶然，手术加化疗，钱花得七七八八，那段时间孩子丢在老家让阿妈照顾，弟弟俊亮刚过门的老婆为这事闹别扭，说没有嫁出去的女儿还往娘家塞人的道理。医院每天都有新的账单出来，方传茂的身体却在一天天变差，一开始他还能告诉俊青，某某欠了他钱，可以去要。到后来，他已经变成一片黄叶一般，枯萎、脆弱，大张着嘴巴渴求氧气，可氧气一罐罐地输，血氧饱和度却在一天天下降。到后来，他必须坐着才能稍微呼吸进去一点氧气——肿瘤已经布满整个肺部，并且开始出现转移了。

医生告诉她，现在只能努力缓解他的痛苦，给他开了几种药。俊青看着那些药的价格，想起前些天楼下病房有个患心脏病的病人，嘴唇乌紫，她碰到过那个人的家属向医生下跪，求医生帮帮他们，说要是等不来合适的心源，那个人没几天日子了。她听说过卖肾，好像人有两颗肾，卖了一颗还能活，她甚至想把自己的心脏卖给那个人，她恨不得心脏也有两颗。

没有钱，方传茂连止痛药都吃不上了，俊青萌生过背着老公跳江的想法，好在医院没有赶他们走，这个想法才没有最终实施。她看着方传茂只剩一把骨头的身躯，难以想象，一年多以前，他还是那样一个结实的在馄饨摊忙碌的人。旁边的大姐给她指点，阿妹，你这样着急也不是办法，你照顾你老公一个人也是照顾，再照顾一个人也是照顾，还能赚点钱。

她是从那时起开始做护工的，后来方传茂走了，看病留下一堆债，方磊要读书，家里家外各处都需要钱，她不得不咬着牙干下去。好多次，她想起那个在地上捡虾头的女人的样子，恍惚间那个女人变成了自己。

五

月亮的亮光往东移了点，地上的四方形变成了菱形。她听到阿凤翻身的声音，门吱哟一声，被人推开了，阿凤压低着嗓子说，不是让你别来吗？

我担心你害怕嘛，王姐照顾的那人今晚要死了。男人的嗓子有点嘶哑，声音像是从痰里面挤出来一样。俊青认出，这人是老烟枪老胡。老胡是二十楼的保洁，楼道尽头那间十来平方米的小房间，既是保洁室，又是他休息的地方。老胡干保洁，一个月三千，各个病房是天天走动的，他拖地马马虎虎，耳朵却灵得很，听到哪家需要人手，就打电话给相熟的护工，一人一天抽二十块钱的中介费。他皮肤白，眼眶却常年乌青，说是鼻炎导致缺氧，带来的黑色素沉淀，烟却还是一根根地烧，护工们私底下叫他吸血鬼，常互相打听，吸血鬼这个月收了你多少钱。老胡之前带她去吃过一次饭，街边的烧烤摊，回来后王姐问她，你让老胡搞到手了吗？俊青一听这话，立马问王姐，你什么意思，以后这种混账话少在我面前说。

她打心眼里看不起这些不正经的男男女女，她有时也在想，如果方传茂没死，自己现在是在过什么样的生活？她原本以为这样的生活只是一个过渡，现在却像一只苍蝇一样，滑落到油瓶里，动弹不得。

我又不在王姐那间病房，你不是还要给你老婆送生活费吗？阿凤的语气带点嗔怪。提她干吗！你生我的气，实在没道理，我还给你介绍了这么轻松的活。老胡说着，从喉咙里呕出一口痰，吐在垃圾桶里。哎哟，少抽点烟哟！阿凤忽然呼道，然后又压低了嗓子，哪里轻松了，这个老太婆，屁股上那么大一个疮，天天换药，臭死了。老胡说，哪里要你换药了，护士来换。总好过那些立马要死的，得气鼓胀的，肚子那么大。阿凤，你要是觉得不好，你就不干了，也行，就在我那个房间里歇着，你摸摸我的心，你摸摸，可全在你身上！

俊青听到老胡似乎是把嘴巴凑到了阿凤身上，肉与肉粘在一起，发出的闷闷的声响，她也有好多年没有听过了。她悄悄掀开布帘的一角，想看一看，却迎上萧二妹的一双眼，她的眼睛睁着，咧开嘴对她笑，那眼睛就变得弯弯的，一头白发，嘴里的牙凸出来，似人非人。她一下子回到了现实，害怕阿凤他们再胡闹下去，她下不来台，于是干脆翻了个身，佯装打呼，那两个人果然停下了动作，不一会儿，推门出去了。

月亮的亮光上墙的时候，俊青听到外面闹哄哄的声响。她下床，穿鞋，发现萧二妹依旧在盯着她笑，她想出去看看怎么回事，老人的眼神随着她的动作移动，嘴角的笑没有变，甚至发出咯咯的声音。俊青心里头发毛，呵斥她，笑什么，明天死的就是你！说完这句话，她觉得自己仿佛变成了王姐，成天把"死"字挂在嘴边。

她将门开了个小小的缝，看到一队人哭着喊着进了田玲的病房，不一会儿，他们带着死去的老人的行李出来，又哭着喊着诉恋情。医院的男护工用担架抬着一具盖着白布的尸体，一群人进了电梯，"我苦命的……"这一句话，被电梯门硬生生夹断了，听不到后面喊的是

百年好合　　031

什么。

从头到尾不过十几分钟，夜的寂静就又回来了。

俊青回头，病床上的萧二妹依旧在对她笑，刚才的呵斥似乎对她一点作用也没有。俊青觉得脊背一阵发凉，从门里溜了出来，值班的护士们抬着消毒的机器，去了田玲的病房。

她跟着护士们进去，拉开帘子，田玲闭着眼睛，也不知道是不是真的睡着了。王姐提着一个运动包，上面还印着某健身中心的广告，另一只手捧着一只茶杯，拎一个马扎，这就是她全部的行李。她笑眯眯的，放下水杯和马扎，从怀里掏出一沓百元大钞，拿手指弹了弹，那钱上的霉味仿佛都被她弹了出来，她对俊青说，钱到手了！吸血鬼在不在外面？俊青摇摇头，王姐夹着马扎说，那就好，我正好开溜，被他撞见了，要收我的中介费呢。

第二天一早，实习的医生来查房，看到空了的病床，一个医生对另一个医生说，呵，23床昨晚挂了呀！俊青感到自己心头掠过一丝说不出的滋味，但她很快调整了过来，笑着问医生，哪里能借到轮椅，她想推田玲出去转一转。医生给田玲检查了血压。田玲说，医生，小心点，我血小板低。这间病房主治医生不大进来，通常只有护士来告知她今天要不要输液，再就是实习医生有时候来查房。俊青知道，这里的病人已经被判无药可医。

六

医院建在长江边一块叫弋矶山的高地上，亦得名于此。俊青不清楚医院的历史，只知道从小时候起，得了大病的人，要是县医院也治不好，就要去芜湖弋矶山。孩童时期，她不明白弋矶山是什么山，害病的人又为什么要由家人陪同，挑着两只放了衣物粮食的箩筐，搭轮渡去弋矶山。弋矶山在长江东岸，高出水平面一截，临江一面种了好些她叫不出名字的树，树木参天，好几棵有一人多粗，树皮皴裂，上面钉了牌子，写着某年某月种。往东走，树就变成了常见的香樟，既不高也不粗，地势也渐渐变平变缓了，医院的住院大楼就建在山脚下的平地上，二十多层高，在长江对岸就能看到大楼白色的墙体，玻璃窗在阳光下闪着光，弋矶山在它脚下，倒像一只驮碑的石兽。这幢大楼是十几年前建的，建成后，山上的几栋旧建筑，除了一个设置了肠镜和X光室的三层小楼前还能看到病人排队，其余的都空置了。

上山有条水泥路，入口处是个仿古的牌楼，旁边有石碑，上面刻着"沐风花园"四个字。有人开车上去，在X光室前就停下不再往上了。俊青推着田玲往上走，有点吃力，她脱下开衫，系在腰上。

田玲耸了耸鼻子，闻到了栀子花的味道，水泥路旁有用石板铺的台阶，隐约能看到好几棵栀子树。这个时候的栀子花开得最好了，小时候，我阿妈拿细线给我穿一串栀子花戴在脖子上。田玲嗅了嗅空气，说，天天待在病房，都闻不到新鲜空气了。

俊青把轮椅推到X光室前的一小块平地上，让田玲等她，她一个人上了石板台阶，走了五十多米远，X光室和水泥路被树木遮挡了，若隐若现，布谷鸟在枝头上发出叫声，让她想起陈家老坟，每到黄昏群鸟返巢时，布谷布谷的声音被无限覆盖和延长，她竟觉得眼下这一只鸟有点不成势了。有个半身铜像立在一块四方的水泥地上，铜像高鼻深目，胸前挂着十字架，下面是刻着金字的大理石，俊青不认识英文，好在铜像有中文名字，她艰难辨认出"赫怀仁"三个字，"赫"字她不太认识，但是这不妨碍她继续看下去：

"赫怀仁（Edgerton H. Hart，1868—1913），1895年起担任弋矶山医院（原芜湖医院）院长，凭借精湛的医术和高尚的品德，他迅速获得了当地人民的尊敬和爱戴，1913年夏洪水肆虐，长江堤坝被冲毁，赫怀仁医生医治病患，耗费大量时间和精力，最终因感染伤寒不幸去世，年仅四十五岁。"金字下面又用红漆描了几个洋文：LOVE OF MANKIND。俊青自然也看不懂是什么意思，但她对这尊铜像有种莫名的敬佩感，治病救人的医生，她是崇拜的。铜像下方有一个苹果，表皮已经起了皱，除此之外，还有几包仙贝和巧克力。

她找到栀子树，摘下五六枝，将其中的一朵放到铜像上，然后回到田玲身边，把剩余的花放到她的膝盖上。田玲拿起一朵，嗅着那花，有灰色的小虫子跳出来，爬到她的胳膊上，痒酥酥的，然而她不敢拍虫子，怕伤到血管，只轻轻地拂了拂。

她们往前走了几百米，一条沿江建起的长廊出现在面前。俊青特地摸了摸，长廊是水泥的，表面刷了红漆，工笔涂了兰芝仙草的花纹，每隔几十米放了一些做成假山石形状的垃圾桶。长廊不是笔直的，而是沿着江岸曲曲折折展开，六月的江风吹到脸上还有一丝令人惬意的冷，湿润润的，让人想在肩上披一条丝巾，兜住一点江风。站在这边，能看到捞沙船在江面上缓慢移动。远处，长江三桥结结实实地蹲在那里，俊青想起，一九九七年芜湖长江大桥修建的新闻在电视上播出时，她才三十出头，方传茂也还没有生病，他们吃着晚饭，看着电视，方传茂还说，等桥修好了，带你去转一转。一晃眼这么多年过去了，好像什么都变了，只有方传茂还是遗像上的那个样子。

田玲看着江面上的捞沙船，因为隔着一段距离，她们看不到甲板上的情形，只是看着那船越走越远，后面就又有一艘船从远处驶了过来。

下辈子，我就当江边的风。田玲忽然开口，我听到你跟田亮说，你弟弟要找个伴？田亮的孩子们快读书了，我做姑奶奶的，没什么可以给他们，我看病的钱，都是他出的，他一个人赚钱养家，也艰难。你们要是觉得行，我不介意，葬在哪里不是个死呢？钱给到田亮就行，他们等着买学校边的房子呢。

你别想太多，没准能治好呢！除了几句干瘪的安慰的话语，俊青想不出还能说什么。

江水拍打着长廊底部悬起垫高的地基，不时发出啪的一声响。她们两人却谁也没有再说话，江风吹过来，将田玲膝盖上的栀子花尽数吹落了。

那天晚上，田玲疼得直哼哼，俊青按响了铃，护士来给她注射了一支吗啡，没过一会儿，田玲又让俊青按铃，护士又给她打了一针，告诉她，这是今天最后一针了，才晚上十点，日出还早，俊青不知道田玲要怎么挨过一整晚。

田玲是早上八点进的火葬场，阿爷一早给俊青打电话，山人选好了时间，傍晚五点半，趁日头没全落，图个光亮。田亮要选最贵的大理石骨灰盒，雕着松柏，又嵌了一副铜搭扣，上面挂一把双龙戏珠纹鎏金锁。俊青一看价格，3999元，再用手掂量了一下，太重了，从芜湖回老家，她一个人不可能抱得回去。最后选了最轻的木头盒子，俊青承诺，回了老家，一定找山人换个体面的盒子。

阿爷交代"鬼不能过桥"，从芜湖回家，最快的方式是坐大巴，但坐大巴要过长江大桥，按照山人的说法，田玲过不去，她只好选择搭轮渡过长江。

她用白色的床单包好骨灰盒，好在现在搭轮渡的人不多了，没人在意她怀中抱着的东西，她上了轮渡，江风在她的耳边吹起，水声从甲板下传来，水的声音并不均匀，风大的时候，水啪的一声拍打着船底，风小的时候，水就寂寞地流着。她向远处望去，长江的水不知道要流到哪里去，无数的船只行在江上，也不知道要流到哪里去。她问旁边的人，长江流到头是哪里？别人告诉她，大约是东海。那东海的尽头呢？是美国？人们被她问得摸不着头脑。船行到江心，她能看到对岸师范大学门口的鱼跃龙门立柱，上面是一个镀金的圆顶，在太阳的照耀下闪着光，不知道田玲有没有从这个角度看过师范大学。想到田玲，她就又想起了俊明，高考失败后，他把墙上贴着的世界地图扯了下来。或许，这并不是俊明想要的，他是那样好的一个人，不会回来害阿妈的。

她想着，跑到船尾无人的地方，趴在栏杆上，看着船离对岸越来越远，船行过后，江面上泛起白色的泡沫，不一会儿，泡沫消失了，好像船从来没在水上行过一样。她直起身，打开骨灰盒，将田玲的骨灰撒了下去，来不及进入江水，骨灰就被风吹到远处了。那是一瞬间的决定，她甚至来不及思考上岸后怎么办，但她竟然觉得心里头涌现出一丝畅快，仿佛做了一件蓄谋已久的事。

珠穆朗

一

火车上，朱丽透过车窗，俯瞰到沿岸的村庄被洪水淹没了，铁轨架在高处，低处的房屋和田地积木一样立在水中，有些房子的瓦顶被冲垮了，露出木梁。朱丽靠那些立着的电线杆猜出路原先在哪里，水代替了陆地，水面微皱，细小的浪被风赶着向前波动，鹭鸶单腿立在屋顶的电视信号接收器上，把头埋在翅下，用喙梳理羽毛。假如没有这些房屋，她会以为这里本来就是水泽。

洪水预警是上个月的事了，朱丽家所在的段庄也接到了预警。不过，她还是像往常一样去村里的羽毛球厂做工，她没有按照村委会的要求收拾家当，更没有联系住在别处的亲戚——谁家愿意被叨扰呢？何况，活了快六十年，朱丽的耳朵已经习惯了听到有关洪水的消息，芜城处在长江和淮河水系的交界处，又临近巢湖，水系复杂，夏季常有洪水预警。

童年的记忆大都是片段式的，她记得那是一个好天，外婆在枫杨树下扇着扇子，她说天慢慢热起来了，不过好在今年的雨不是很多。那一年生产队长敲着锣满村跑，说大坝要破，她拖着孩子们躲到山头上，大雨过后日头毒得很，水汽被烤得往上蒸，再加上没什么吃的，人的内里被熬虚了，肉都松垮地贴在骨头上，看起来老了好几岁。好在袋子里的红薯干被吃光之前，洪水退了，大坝保住了。回到家，房门下半截在水里泡烂了，生了青苔，屋子里面灌进了半截腿那么深的淤泥，从泥巴里抠出桌椅板凳，缝隙里嵌进去的淤泥弄不出来，好多年后，都有一股泥味。至于人，失踪了几个，吃了不干净的水后拉肚子又死了几个。外婆告诉她，大妹，以后你成了家，记得水缸里要抹上明矾，等水澄清了再喝。因水而死的人，外婆隔三岔五便能从脑海中打捞一个出来。

外婆活了九十五，洪水没能带走她的性命，她死于一株地耳。雨后，这些橄榄色的藻类从土中发出，外婆蹲下采摘时忽然腹痛，送去医院检查，肠子破了。或许是早年就有的肠道疾病引起的，又或许是因为她年纪太大，肠道变得很脆弱了，在蹲下时忽然裂开，总之因为一株地耳，她走完了九十五年的生命。外婆与土地打了一辈子交道，懂得分辨各种野生植物：雨后有地耳和笋可以挖，喉咙痛的话，去无人居住的老房子附近能找到土牛膝，它的根茎能治喉疾，要记住，被牛尿淋过的不能吃，诸如此类。外婆将许多乡村生活常识教给了朱丽，但时间走得太快，九十年代末各个村渐渐都通了自来水，外婆教的那些知识很快便像明矾一样不再被需要。

旁边的男人问朱丽能不能把帘子往下拉一点，阳光有点刺眼，朱丽拉下帘子，洪水侵入的村庄被隔绝在窗户之外。段庄还没被洪水冲毁过，最多是雨下得满了，倒灌进屋子，把冰箱和皮质沙发架到板凳上就行。她为此责怪过丈夫段志军，按照她的说法，沙发就买木头的凑合一下就行，找村子里的木匠打一副，还能省下不少钱。段志军却在商场里的一组皮沙发前徘徊了半个多月，终于下定决心把它买回家。沙发很重，两个搬运工人费了好大劲才把它们搬进屋子，段志军坐在沙发上，看着面前落地水族箱里游动着的金鱼。朱丽希望段志军能够多去外面，哪怕像那两个搬运工一样白天出去做活，晚上口袋里带着钱回家，可段志军更情愿过朝九晚五的上班生活。他在一家羽毛球厂当会计，下班后会去大排档喝酒，把钱花在一些没用的东西上，诸如落地鱼缸和笨重的皮沙发。朱丽想，哪个农村家庭需要这些？

旁边的男人指了指她脚下的红色塑料桶，跟朱丽说，你可以把桶放到走道尽头，那里地方宽敞。朱丽摇摇头，用脚轻轻踢了踢桶说，里面都是土鸡蛋，我怕人家不注意弄破了。他们聊起天来，朱丽知道男人是去徐州工作的，他对朱丽说，你会做饭吗？我们工地上刚好缺个做饭的。朱丽摇摇头，说，我要去北京伺候女儿坐月子。

出发之前，朱丽想让段志军将芜城去北京沿途经过的城市写在纸上，她害怕自己会坐过站。段志军告诉她，北京是终点站，不会坐过站的。段志军说，你又不是没去过北京。朱丽说，那是三十多年前的事了，那时候我还不认识你呢。

那时候朱丽才二十岁出头，在几个村合办的小学里读了几年书，认识了一些基本的汉字，便回了夏庄的家，织草包赚钱兼照顾弟妹，后来村里有人做生意，贩鸭毛和鹅毛去江苏那边的羽毛球厂。朱丽也跟着几个姐妹一起，挎着篮子走街串巷去收鸭毛，收来的鸭毛再卖给那个生意人。朱丽记得，那时收一篮子毛，差不多能卖五角钱，五六个硬币揣在口袋里，朱丽觉得自己像一张宣纸，被这几角钱压得稳稳的，什么风也吹不跑。钱挣回来，当晚就要交给阿妈，阿妈把钱收在饼干罐子里，放在衣柜最深处。阿爷有时帮村里人做木工活，也能挣点钱，但木工活不是经常有，乡下地方，生个儿子盖个楼，儿子出生到娶妻，最短也要近二十年工夫。阿爷决计不是个勤劳的木匠，他不拉自己的队伍，也不走村串巷找活干。刨子和墨斗放在墙角，有人上门了，递一支纸烟，讲几句"上梁缺个人"之类的话，阿爷便带上工具，随来人走了。一去一整天，回来后一身酒气，兜里揣着上梁时撒下的花生和枣，以及几块钱毛票。他靠在墙角，张着膀子，笑眯眯地看着孩子们的头拱在他的腋下，争抢荷包里的零食。

朱丽有时会偷偷去衣柜里查看存下的钱，罐子上的油彩画覆上了锈点，穿旗袍的美人脸上可见点点锈斑，打开盖子，饼干残留的味道扑面而来，朱丽一角一角地数着硬币，将它们攥在手里，再哗啦一下丢进罐子里，那罐子好像永远也填不满。

那个秋天,在北京打工的二婶寄来一封信,她同时也给村子里其他几户有姑娘的人家寄了。阿爷看完后,夜里同阿妈商量,朱丽睡在隔壁,木板隔的墙不隔音,窸窸窣窣的说话声传来。这间房睡着她和二妹,二妹朱华十七岁,两个小点的弟弟,一个十五岁,一个十四岁,孩子们同父母在一个房间里睡到十二岁上下,阿妈磨着阿爷用木板另隔了这间房,给两个姑娘做房间,男孩子们就在堂屋里用木板搭了个床。二妹说:"阿姐,你要去北京了吗?"朱丽翻个身:"别瞎扯,搞不好是要你去。""我年纪还不够。"被单盖到嘴边,二妹的声音嗡嗡的:"青姐、荷叶姐她们都收到了信,荷叶姐认得字,她讲二婶在北京当了保姆头子,要在村里挑几个顶事的小姑娘去做工。"见朱丽没说话,二妹又问:"阿姐,你说北京是不是家家都有电视机呀?"

朱丽同阿爷去县城买鸡饲料时见到过电视机,那时候去县城没有水泥路,甚至连条像样的石子路也没有,春天下完雨后,小土路上布满水坑。多数人家也没有胶鞋,阿爷和朱丽赤着脚,阿爷把扁担竖着拿在手上,朱丽则提着一只化肥口袋。相较于在暑热尚存的秋收后挑公粮进城，朱丽更喜欢在春天去买鸡饲料，路旁的田里油菜花长势正旺，黄色铺满大地，甚至见不到一点绿，春雨下得不急不躁，让一切生命慢慢从沉睡中苏醒，发芽的发芽，开花的开花。朱丽看到水坑里有白杨树和灰色天空的倒影，路上一只蛤蟆被她的脚步惊动了，跳着掠过水坑，躲进了油菜花田，树和天空的倒影也被震碎了。快进城时，阿爷招呼朱丽在水稻田里把脚洗干净，穿上鞋子。县城的柏油马路，朱丽觉得脚踩上去硬硬的，跟软烂的泥巴路触感完全不同，进了城，她看到路上的人中有不少骑着自行车，偶尔还能见到汽车，只不过隔着几条路，城里和乡下简直就是两个世界。

朱丽喜欢进城，每一次都能发现一些新鲜事物。在阿爷买饲料时，朱丽看到商场的橱窗旁有不少人在围观，她挤进去，看到一个脸盆大小的盒子，她听说过电视机，但这还是头一回见到。电视里在放《地道战》，每年夏天，放电影的人下乡时，都会放《地道战》，但朱丽还是第一次见到没有幕布和放映员就能演的电影。

那天回来以后，朱丽一直想着电视机的事，秋天进城交粮，一向不爱参与这件事的朱丽主动提出要去，回来后一副想心事的样子。出门倒洗脸水的时候，她突然停止了动作,二妹问:"阿姐,你在想什么?"朱丽说:"我在想,那些人是怎么进电视里去的?"她把脸盆放在地上,抬头看了看天,又蹲下来,用手掬里面的水玩,天空的倒影被她揉碎了。

朱丽抬头,看着稻草混合草木灰抹的房顶,上头再用稻草铺一层,年岁久了,雨水和雪水吃掉了不少稻草,下雨天会有烟黄的水滴下来。隔着木板,朱丽没少听父母谈论两个弟弟的事,他们没有一个热心读书:大的说,冬天写字太冷了,手生了冻疮;小的常常背着书包,跑到桥下睡一上午,再背着书包回来。

朱丽知道弟弟们长得有多快,她还记得从阿妈手里接过两个弟弟的样子,红红的一团,五官挤在一起,阿妈说她刚生下来也这样,还没来得及细看,孩子们就长开了。阿爷阿妈用蔬菜和米汤养大了几个孩子,他们的身体都出奇地结实,像田埂上的牛筋草,一点点泥巴和雨露就能活。然而要花钱的地方越来越多。大弟弟穿旧的裤子,裤脚用布头接了几次,再传给小弟弟。很快,裤子便不再能满足小弟处在青春期的身体,阿妈在煤油灯下追着孩子们的生长速度一般添布头和补丁。男孩子们长高一寸,距离起楼盖房的时间线就近一寸,饼干罐子里的硬币支撑不了这个家庭的重担。

过完年，朱丽就随着村中其他几个女孩子去了北京，没过两年，二妹也跟着来了。两个女孩在北京攒下的钱，全部寄回了家，给弟弟盖房子，在当时的夏庄，这简直是天经地义的事情。

二

当年芜城到北京没有直达火车，是二叔领着朱丽和陈青、陈荷叶两姐妹去合肥的，在合肥火车站过了一夜，第二天三个姑娘再坐火车去北京。

二叔年轻时当过军医，退伍后回到夏庄，做了赤脚医生，他会打针、开西药，也会针灸放血，自己拿白漆在药箱上写"中西结合"，药箱里除了青霉素之类的西药，还常年放着一只不锈钢酒壶，是在部队里得来的，里头盛着散装白酒。酒喝多了，针灸的时候难免扎错穴位，万幸不曾出过人命，但来找他治病的人因此少了很多。二叔和二婶生了四个孩子，其中有三个男孩，二叔喝酒耽误事，家里渐渐入不敷出。二婶的父亲当年是大队书记，她做姑娘时跟在父亲后面见过些世面，常去村里大队部拾旧报纸回家，丢进灶膛之前总要看一遍。那年芜城有股"进京热"，她受到启发，四下打听附近哪个村有人在北京，几个月后，她成了夏庄第一个去北京的人。

在火车站附近，二叔给三个姑娘一人买了一碗馄饨，他自己要了一碟花生米，从怀里掏出不锈钢酒壶喝了一口，笑眯眯地对三个姑娘说："快吃吧，明天要坐一天的火车呢。"

馄饨汤里放了猪油和香葱，朱丽心想，真舍得，一碗不知道得多少钱！好在最后是二叔掏的钱。火车开动前，二叔在窗外，又给三个姑娘一人塞了五毛，嘱咐她们路上不要跟陌生人搭话，下了车手牵手走路，出了车站别乱跑，等二婶来接。

火车上的一天极其难挨，朱丽抱着自己的布包，不敢放到架子上，陈青和陈荷叶两姐妹的位子跟她隔着，二叔买票的时候光顾着买连号的，没注意中间还有个过道。到了饭点，朱丽从包里掏出阿妈烙的面饼，白面加香葱，放足了菜籽油煎的，平时家里从不敢这么浪费。罐头瓶里装着凉白开，她不敢多喝，只抿一点。那两姐妹的饭盒里装着掺了高粱的米饭，只在饭盒一角堆了点腌雪里蕻。她们家日子过得艰难，阿妈生了四个女孩，第五个才得了男孩，月子没坐好，病歪歪的，大夏天穿长袖褂子，做顿饭都要扶着灶台。原本两姐妹的阿爷在砖窑厂烧砖，也算是个活路，但阿爷开春忽然害了缠腰龙，到现在都没好透。和朱丽一样，陈青没读过几年书，她的妹妹陈荷叶读书成绩好，原本能读中专，但她心气高，想上大学，读到高二，阿爷的病来得猛，实在找不出钱再给她读书了，陈荷叶是哭着坐在陈青的自行车后座离开学校的。

　　雪里蕻腌的时间有点久，味道不好闻，对面的姑娘捂了捂鼻子，陈荷叶用饭盖住了菜。陈青几口把菜吃完，见车厢里不少人离开了座位，她问对面的姑娘："这是到站了吗？"姑娘说："去餐车吃饭呢，火车餐不用粮票，运气好肉能吃到饱。"陈青问多少钱一盒，朱丽也把头往过道那边歪了歪。姑娘说："三毛五一盒，荤素都有。"朱丽低头咬饼，陈荷叶把头几乎埋在饭盒里，只有陈青把饭盒盖上，对陈荷叶说，我去餐车看看，又问对面的姑娘，餐车在哪里。

　　火车到站以后，三个姑娘下了车，跟着人流出了站，朱丽记着二叔的话，挽着陈青和陈荷叶的胳膊，怕被人群冲散。二婶举着牌子在站外，陈荷叶认识字，老远就看到牌子上的字，走近点，朱丽才看到二婶。她头发不长，但烫了卷，衣服倒没买新的，还是一身蓝色西装裤，二婶做过村里的妇女主任，这身西装她去县里面开会时才会穿，里头是一件米色的确良衬衫，脖子上系了一条红色丝巾。朱丽说不上二婶哪里变了，若说洋气了，也谈不上多洋气，穿的还是过去在家时穿的衣服。那条丝巾，二婶在路上说了来处，是雇主淘汰下来的，只有头发是花了三块钱做的。但跟在乡下时不同，二婶走路时步子变小了。她过去迈着大步提桶去湖边，赤脚站在石板铺的洗衣台上，甩开膀子捶衣服，像一株支棱着叶子的蓬草。二婶带她们去搭地铁，三个姑娘没听说过，二婶说，就跟汽车一样，不过大一点，在地下跑。朱丽说，那不会撞车吗？直到进地铁站，朱丽站在亮堂堂的大厅，才第一次知道地底下也能那么亮。

二婶给三个人找好了雇主，一个个送过去。陈荷叶的雇主是一对中年夫妻，在航天所工作，平时工作忙，家里有老人，需要一个烧饭洗衣的保姆。二婶说，他们两口子研究卫星的，你读书厉害，跟着他们没准能学点知识。陈荷叶站在门口，看着朱丽她们离开，忽然怯怯地说:"二婶,我要是有事该怎么找你?"二婶才说:"我都忙忘了。"她从口袋里掏出三张小纸条,给三个姑娘,对她们说:"这是我干活那家人的电话,你们要有事就打过去,说找李婶就行。"

二婶给陈青找的那家人是老两口,拿退休金的,儿女不在身边,陈青在老两口的指挥下把东西放在房间里那张折叠床下,她少见地没有说话,站在门口目送她们离开,朱丽觉得自己手里好像握了一根风筝线,走远了,陈青的身影变成天上的一小点。

二婶悄悄说:"我给你找了个条件最好的主家,住百万庄。"朱丽问:"什么是百万庄?"二婶说:"去了你就知道了。"二婶领她坐公交车去百万庄,她们经过小区的广场,四周是一溜店铺。朱丽问二婶:"北京也有县城吗?"二婶说:"这是小区里的商业街。"

二婶领她来到单元楼,门把手黄澄澄的,朱丽摸着那个把手,二婶走在前头,回过头,说:"这是铜的,是从苏联运过来的呢。"她再一次叮嘱朱丽:"来这家,只要做好事就行,钱不会少你的,一个月三十六块,比陈家姐妹还多四块钱。别的事,不要问也不要管。"她又伸出一根手指头,在嘴巴上碰了碰,轻声说:"这家的姑爷，是个残疾人。"

三

朱丽原本没打算这么早去北京，女儿的预产期在十一月，她从亲戚家要了些婴儿的衣服，拆开来缝了一件百衲衣，打算到时候一起带过去。

在女儿的电话打进来之前，朱丽正拿竹草耙够台子上的鹅翎。刚出烘干炉的鹅翎，闻起来有头发烧焦的味道。朱丽一开始觉得那味道横冲直撞，讨厌得很，但在羽毛球厂做了三十几年，那味道已经顺着鼻腔吸进了身体里，成了她生活的一部分了。

两个男人用床单裹了满满一大兜的鹅翎，爬上木质的大台子，床单翻过来，鹅翎覆盖住了台子，堆起一个尖尖的角，像坟包。四周围着的女人们用竹草耙把尖角打散，鹅翎雪崩般滑向她们，女人们坐得很近，难免有争抢羽毛的事发生，尤其是鹅翎这种值钱货，分拣一斤能挣六块多。抢毛拼的是速度，羽毛一被搬上台，就要尽可能多地往自己面前揽，前一秒还在闲聊的两个人，这会儿不动声色地争抢起来。朱丽快速用竹草耙把鹅翎往自己面前扒，直到堆成一堆，看不到对面的情形才作罢。

九十年代开始夏庄的人学起江苏，自己办羽毛球厂。羽毛从东北进到这里，先要清洗一遍，晒干后再烘干，烘干的羽毛需要人工分拣出左翅羽和右翅羽，才能送去加工成羽毛球片。女人们的手速很快，身体两侧的篾筐很快就会被分拣好的羽毛填满。羽毛，到处都是羽毛，大片的翎毛，小朵的绒毛，轻飘的飘毛，一天做下来，鞋子里、头发上、衣领子边、鼻腔里到处都是毛。电话响起，朱丽在脚下的毛堆里找到了鞋子，出了门，院子里几个男人正用网兜把刚清洗好的羽毛抬到露台上晒，污水滴滴答答从网兜中落下。朱丽拣稍微干净点的地方走出院门，院门外是一条弄堂，几个老人坐在弄堂口的香樟树下，手持蒲扇，说闲话。穿堂风把朱丽身上的绒毛吹走了一点，她觉得鼻腔舒服了一些。

朱丽接了电话，女儿在电话里问她什么时候来北京。朱丽说："你不是还有两个月才到日子吗？"女儿说："陈旭还在海上，过两个月才能回来，但我月份大了，白天一个人在家不方便。"朱丽看了看弄堂口，几个老人停止了说话，手摇蒲扇的动作也放缓了。

"那我过两天去。"

放下电话，老人们对朱丽说："要去北京享福啦？"

朱丽笑了笑，没说话。女儿和女婿去年才买的房，在通州，九十年代的老房子，两室一厅，花去他们全部的积蓄，付了首付，才算在北京安了家。朱丽知道自己过去不过是带孩子做家务，若说这是享福，那朱丽情愿在家待着，可亲家母年前中了风，在医院住了一个多月，左边身体不大便利，走路都画圈，实在带不来孩子。女婿陈旭是搞船舶工程的，具体做什么朱丽也不清楚，只知道他有时候会出海，一去三四个月，杳无音讯。

朱丽收拾行李的时候接到段志军的电话，对面传来他醉酒的胡言乱语，要朱丽给她送钱过去，朱丽没有理他。晚上十一点多，段志军才从外面回来。朱丽起身，没有开灯，只把房门开了个缝，她看到堂屋里段志军叼着烟，开了鱼缸的盖子，用夹子将一株枯死的水草从鱼缸中夹出，他喝了酒的脸涨得通红，眼睛被烟熏得眯起来了，朱丽才发现，他胖了好多，在鱼缸里白灯的照耀下，仿佛成了另一个人。

朱丽知道，段志军没救了。

结婚的时候他们倒也般配，他高中毕业，虽然没考上大学，但在派出所做辅警，也算正经人。她虽然文化程度不高，但长相上挑不出毛病，加上刚从北京回来，也算见过世面。

生完女儿段明明后，朱丽感到生活完全失去了控制。段志军没有继续做辅警，具体原因他从未对任何人提及，经历了长达五年的待业，才在亲戚的帮助下，在羽毛球厂当上了会计。朱丽知道，那是人家可怜他，施舍给他的。他倒也不觉得难受，有几个酒肉朋友，有些爱好，挣的钱总是能很快花掉。朱丽问他："有没有想过，孩子大了，将来怎么办？"段志军说："一个女孩子，不用我们操心的。"他越是从容、悠闲，朱丽的内心越是焦躁不安。县城开了新楼盘，她也去拿了宣传手册，她告诉段志军："咱们存点钱，也能买上。"段志军却完全不理会，只说："生活花销、女儿读书都要钱，哪里存得下？"

好多次，朱丽觉得自己的力气打在一团棉花上。

她在黑暗中等了一会儿，段志军才上床，他没有洗澡，身上是烟酒混合的味道，他把汗津津的身体靠向她，朱丽于是往里面挪了挪，说道："别闹，明天的火车。"

"不就是去北京看孩子吗？又不是去开人大会议。"

段志军说完，侧过身睡觉。

朱丽看到眼前的白墙上有窗外树枝投下的影子，耳边传来鼾声，她知道段志军睡着了。跟过去三十多年里无数个夜晚一样，离婚的想法在她的脑海中盘旋又落下，又总是尘埃般被轻易带起。或许去北京后，她能找到活命的办法。她这样安慰自己。

四

三十多年前朱丽第一次去北京，在铁家做保姆。铁家老夫妇是退休干部，一共生了三个子女，长子和长女都已出去单过，只剩下最小的女儿铁兰兰跟着他们住在百万庄。朱丽由二婶领着上门后，铁家老夫妇很客气，让她喝茶，二婶却说："乡下来的，手脚勤快。"便让她去扫地擦窗，朱丽知道二婶是给她表现的机会。朱丽麻利地扫了地擦了窗。在这之前，她没见过这么亮的玻璃窗，家里的房子，窗户不过是在墙上开了个洞，到了冬天漏风，就用草把塞起来。铁家的房子宽敞明亮，客厅跟阳台之间砌了半人高的台子,又用一排玻璃窗隔了,阳光能射进来,朱丽擦着窗户,她感到阳光把她整个人晒得暖融融的。

铁家夫妇最终留下了她,二婶便走了,那时朱丽并没来得及感到伤感,她像个小孩一样打量着百万庄的一切。地板上铺的不知道是什么砖,光滑平整,比得上冬天冰冻的河面,天花板上的灯上罩着圆形玻璃罩,光线柔和,厨房里单单锅子就有三四个,菜刀、碗碟更是不计其数,客厅里摆放着一台熊猫牌黑白电视机,铁家老两口白天就坐在沙发上,看《霍元甲》和《射雕英雄传》——她仿佛来到了一个新世界。

铁兰兰下班回来,朱丽才发现,她的左手像鸡爪子一样缩着,一开始朱丽以为她是受伤了,后来做得久了,她从来没有见到那只手展开过,不过铁兰兰也能用它做一些事,甚至能用它夹着毛笔写字。

"别看它长得怪,有比没有强。"后来有一次铁兰兰带朱丽去游泳馆,下水前她这样告诉朱丽,朱丽穿着铁兰兰给她的泳衣,坐在泳池边十分拘谨,铁兰兰伸出左手,告诉她,自己长着这只手都不怕,你怕啥,然后跳进水里。朱丽还没反应过来,她已经在水里游开了。

相比之下,铁兰兰的老公佟明在家里的存在感弱多了,第一天进门的时候,朱丽甚至没发现家里有这号人。晚餐时,朱丽做了一桌子菜,忐忑地等着铁家人的评价。关于做菜,朱丽原本是不懂的,二婶在来信里特意写了几张菜谱,告诉姑娘们提前看一下。这些菜谱中好多食材朱丽都没见过,因此她尽拣一些知道的学,记在心里。做完饭,铁兰兰摆好碗筷,才去敲房门,这时,佟明摇着轮椅出来了。

铁家人不讲究什么等级,老太太给朱丽端来了凳子,朱丽不敢坐。

"你坐吧,我不需要椅子。"佟明说。

因为坐在轮椅上,佟明没办法起身夹远一点的菜,但他似乎对这些菜也不感兴趣,吃完饭,便立刻回房间了。

佟明不上班,白天基本上就在房间里,哪里也不去,铁家老太太对朱丽说,他要是愿意出去,记得远远跟着他,防止他跌倒。然而他很少外出,只有一次,他的房门开了个缝,朱丽打算敲门进去打扫卫生,看到他盯着窗外打羽毛球的人。

"你要是想出去打羽毛球的话，我可以陪你打。"

朱丽过去的生活一直围绕着吃饱肚子这个主题，没有"体育运动"这个说法，但羽毛球她打过。那是村里外出打工的人带回来的，她学着玩了几次。谁能想到，之后村里办起了羽毛球厂，朱丽往后的小半生都在羽毛球厂里度过，但她几乎再没有玩过羽毛球。

佟明过了好一会儿才开口："你会打吗？"

"会一点。"其实朱丽也不确定自己到底打得怎样，但佟明每天闷在房间里也不是个事儿。

虽然坐在轮椅上，但佟明的行动却不笨拙，他一手操控轮椅，一手接球，速度很快，有一次他几乎要一头栽下来，但他用一只手完美地平衡住了自己，朱丽在他的脸上看到了与平时不一样的神采。

根据朱丽拼凑起来的信息来看，佟明其实不是北京人，他老家在陕西，因为体育特长被选拔进国家登山队。佟明的两条腿，自小腿以下截肢，是在一次登山行动中冻伤造成的。佟明不怕冷，再冷的时候也洗冷水澡，他房间里有一个沙袋，靠着床，平时轮椅就放在床和沙袋之间，方便他练习拳击。

朱丽在铁家做了四年保姆，第三年的时候，佟明配到了义肢。再一次站起来后,佟明吃饭不再需要人喊,他像其他人一样坐在餐桌旁。他也很少再使用轮椅,但铁兰兰告诉朱丽,他出去的时候还是要跟着。

有了义肢,佟明活动方便了很多,一天的活动结束后,他会在洗澡时脱下义肢,这时候,朱丽需要把义肢拿回房间,再把轮椅推到浴室里面,等他洗好澡,自己坐着轮椅回到房间。一开始,朱丽几乎是把腿扔回房里的,虽然知道那是假的,但逼真的形状还是让她油然而生一种恐惧。等到她同这个家里的其他人一样,熟悉了这一双塑料腿后,害怕和不适也随之消散,佟明像个正常人一样外出,偶尔需要拎一些重物的时候,便让朱丽跟着他。

佟明爱买运动器械和书,因为双腿不方便,佟明很注重双臂的锻炼。后来同段志军结婚后,朱丽曾给他买过一副弹簧拉力器,那是她逛街的时候看到的,她想到佟明也有这样一副拉力器,每天清早,他会在阳台上用它练习臂力。不得不说,那双义肢给了他自信,原本他的活动空间多在房间内,坐在轮椅上总让他有一种低人一等的感觉,现在呢,他尽可以像过去一样站着。只不过,好几次朱丽拿那两条假腿的时候,都能看到里面有血迹，她把这事告诉了铁兰兰，铁兰兰让她不要当着佟明的面说起。她看他走得轻松，以为佩戴假肢不过像拄拐杖一样容易，原来那并非一件轻松的事。

佟明买的书中，有不少封面上画着地图或者山脉，朱丽看不懂，她遵照铁兰兰的嘱托，尽量不去问他跟登山有关的事情。只有一次，她在整理书桌的时候，忍不住指向地图册："这些山里面，哪一个是最高的？"

"在后面，有一页写着，珠穆朗玛峰。"

那山的名字太长了，她一页页地翻着，山脉、河流、树林组成的世界在她眼前幻灯片一样地滑过——她从未真的去过这些地方，但在地图册中，它们被压缩成一方A4纸大小的图案，仿佛触手可得。

"单看这个图，好像也没有很高。"

"实际上很高。"

"你爬过它吗？"话一出口，她就后悔了。

"爬过，我这双腿就是在那里丢的。"

她不敢继续问下去，倒是佟明开口说："但是我现在也记不得很清楚了，你一定觉得被冻掉双腿应该是一件让人一直记着的事，但我真的不太记得了，在医院的事我倒记得很清楚，尤其是麻醉药效过后的事。"

他看起来似乎并不忌讳,于是朱丽问他:"那你还会去爬吗?"

单单看图片,朱丽并不觉得珠穆朗玛峰有多高,后来她在电视上看过介绍,才知道它的真实高度,在她的概念里,对一个没有双腿的人来说,这几乎是不可能完成的一件事。

朱丽不大记得那天佟明有没有说要不要再去登珠穆朗玛峰,她的生活里有许多事情被遗忘,也被许多琐事塞满。离开北京也已经三十多年了,当时她收到家里的来信,说阿妈病了,总是拉肚子,她便跟铁家人告了假,铁兰兰还给了她三十块钱,让她回家带阿妈看病,她甚至只带了几件贴身的衣服,她的行李——另一些换洗的衣物,依旧留在铁家。

回家后,阿妈的病已经快好了——信是上个月寄出的。离家四年,她已经二十五了,到了说亲的年纪,既然回来了,就要好好考虑这个问题,从相亲到定亲,不过两个月。她总说,下个月绝对要回北京,阿妈告诉她,主人家一定找了新的用人,谁会等一个小保姆这么长时间呢?她回来的时候刚过端午,婚事在年底,她于是再没回过北京。

五

朱丽觉得,有些变化是随着岁数的增长自然而来的,她也早不是当初那个二十几岁的女孩子了。经历过生育,她的腹部堆积上了脂肪,眼眶四周的脂肪却一年年变薄,额前生出许多白发。像树的年轮一样,这些痕迹不可避免地出现在她身上。

这些年她与陈青见得不多,只知道她嫁了个北京人,这一点阿妈也说过,都是去打工的,陈青和陈荷叶的命就好得多。陈青嫁了北京人,成了皇城根下的老百姓,陈荷叶因为读过书,受主家赏识,供她读了大学,现在在天津一家医院当医生。朱丽反驳阿妈,要不是你火急火燎地要我回来结婚,没准我也行。阿妈便不再说话,这个家里的人没什么大的心思和志向,只知道守着自己的一亩三分地,不知道机会近在眼前,那些年去北京当保姆的芜城女孩,留在北京嫁人的也有,转行做起小生意的也有,像她这样回来的更多。她们没有学历,没有特长,到哪儿都是做差不多的活儿,像陈荷叶那样真正改变命运的,是极少数。

她和陈青再次取得联系是来北京照顾女儿以后的事，在女儿待产的那两个月，她无事可做，在微信上同老朋友联系后，有人给她推了陈青的微信，说她不是也在北京吗，嫁了个北京工人，这么多年也没怎么回过芜城。

陈青约她在一家面包店见面，面包店兼卖咖啡，陈青点了一杯摩卡，问朱丽喝什么。朱丽摆摆手说，喝不惯。十月末，陈青穿一件白色外套，里面带毛，一条绿色的法兰绒裙子，脚蹬粗跟短靴，头发烫了卷，脸上抹了粉，文了眉。她依旧跟当年一样瘦，上了年纪后，这种瘦让整个人看起来更为干瘪。朱丽对她的印象还停留在三十多年前，那个穿着的确良衬衣，扎两条乌黑的麻花辫的女孩，她怯生生地站在主人家门口看着二婶和朱丽远去。

"咱们这是多久没见了？"陈青说。

"小二十年了，你妈出殡的时候咱见过，后来这些年你也没怎么回家。"

"忙！"

"这些年你在哪里发财？"其实朱丽不知道该问什么，但她觉得，这句话问出来肯定不会出错。

"挣口饭吃而已。"陈青喝了一口摩卡,"北京就是机会多点,但我们家那个也是个老实人,就是上班下班,有几年我们开过服装店,挣了几个,后来发生了些乱七八糟的事,店也就关了,现在自己做点小生意。"至于生意是什么,她并没有继续说下去。

"是呀,这年头,做什么都不容易。"

后来两人又约着见了几次面,都是在外面,朱丽这边是担心女儿对带人回来有意见,陈青那边估计也是如此。第四次见面时,陈青对她说:"现在有个老板看中我的经验,想跟我合伙开个服装店,前期投进去钱的,都算股东,你要不要考虑一下?"

朱丽说:"这得回家问问我女儿。"

"是得问问,不过机会难得。"

"是呀,年轻的时候没把握住,现在也折腾不动,还是你二妹好,年轻的时候抓住机会读了书,现在在大医院当医生。"

陈青从鼻孔里哼了一声,随后压低声音说道:"都是有代价的,我二妹那个书怎么读的,你们不知道,我爸妈要脸!——那家女主人不能生,她给人生了个儿子……"

朱丽不知道陈青是不是故意透露出这个信息的,她从来没有听说过这样的传闻,就连话的真假她都没办法辨别。

她年轻的时候不是没想过做生意,跟段志军结婚后很快生了女儿明明,她不愿再生第二个,婆婆为此跟她生过嫌隙。她在电视上看到豆花加盟店,打电话过去,对方很热情,说只要汇款过来,他们亲自上门送机器,包教会。段志军却说什么也不肯,五千块在二十一世纪初是一笔不小的钱,他觉得对方一定是骗子,要是真能赚钱,还能教会她?归根究底,他不觉得这个家需要有人出摊做生意才维持得下去。可是很快世界变了个样,在外面做生意的人渐渐开了车回来过年,朱丽和段志军还是走路去拜年,她不止一次地萌生过出去做生意的想法,但段志军的心思全在酒桌和养鱼上。"为什么要出去?你只看过贼吃肉,没看过贼挨打。"段志军自有自己的一套逻辑,"出去谁照顾孩子?孩子学业荒废了,你赚再多都没用!"

回家后,她对女儿提起陈青的话,女儿正在上网购买生产包,孩子的预产期不远了,女婿不在身边,她当然有点烦躁。

"什么生意？妈，我这都快生了，你要做哪门子生意？"

朱丽不敢说话，半晌才问："孩子奶奶，能帮忙带孩子吗？"

"她中过风，你又不是不知道，自己能照顾自己就不错了，妈，你不是现在才跟我说，你不能帮忙带孩子吧？"段明明几乎要哭了。

"没有没有，我就这么一问。"

她打电话跟陈青说明自己的情况，电话那头说："也不是要你去坐场子，就是出一笔款子，当作启动资金，以后赚了钱，给你分红。"

朱丽说，再考虑考虑。

"你想好了，我是拿你当亲姊妹才拉你入股的，咱们这小半辈子都快过去了，总得要做点什么……"

对于自己快六十岁这件事，朱丽还没能好好消化。挂掉电话后，她开始频繁梦到另一个世界，在那里，她还很年轻，被人叫作朱总，有时候，她坐在会议室开会，有时候，她在市场里考察，那些围着她的人告诉她，这里的东西都是你的，她还梦到了很多钞票，多得像地上的野草，她只要弯下腰捡一捡就行。但是由于梦境独有的混乱，那些钱总是到不了她的口袋，围着的人群也总是很快散去，有一次，她甚至梦见自己破产后被关到牢里。段志军在电话里告诉她，这叫"黄粱美梦"，平平淡淡才是真。她听到对面有水流的声音，知道段志军又在捣鼓鱼缸，便没好气地挂下了电话。

拒绝陈青后，她总觉得，自己或许拒绝了一个赚钱的机会。女儿段明明说，北京这地方，到处是想赚钱的人，那钱凭什么进你的口袋？

段明明过了预产期，还是没有动静，朱丽着急，在老乡群里问，有什么催生的方法，大家七嘴八舌一通，话题绕到了陈青身上，有个人说，陈青到处跟人借钱做生意，大家注意点。

"她这个人，以前嫁了个北京人，自觉了不起，都不怎么联系我们，现在要做生意，倒想起我们来了。"

"她跟我也十几年没联系，现在一开口就是借钱做生意，踢她出群是好事。"

"还是要当心点。"

"你们不知道吗？陈青老公有乙肝，孩子生下来也感染了，她这些年，不管老公孩子，在外面说是做生意，其实谁知道在干什么！"

"我就说,没点毛病的人,正经北京人,怎么会看上乡下丫头。"

朱丽看到群里的对话,不知道是谣言还是事实,她想劝大家不要乱说话,但八卦这种东西,一旦起了头,就很难按下去。女儿却在房间里喊:"妈,快打120。"

外孙女是当晚出生的,朱丽抱着她到女儿面前,恍然间她想起多年前女儿出生时的场景,一转眼,她做了外婆,这些年好像做梦一般。

当晚女儿睡着以后,她在医院大厅的长廊上坐着,晚风吹进来。她想给陈青发微信语音,问她最近怎么样,老公和孩子的病还要紧吗。但最终还是放弃了。

她看着窗外,医院花园的路灯照出假山石的轮廓,她想起多年前佟明说的珠穆朗玛峰,她鬼使神差般地打开抖音,输入佟明的名字。

"无腿勇士攀登珠峰,三十年后再续登珠神话。"

她看到佟明在雪山上的照片,他当然老了,两鬓白发,穿着登山服,站在中间,两边是几个比他年轻很多的登山者,他们一起拉着横幅,庆祝成功登顶珠穆朗玛峰。

朱丽眼眶一热,她知道自己哭了。

去迪士尼

一

徐美玉进入爱琴海KTV的大堂，烟味扑面而来，那是在积年累月的营业里渗进每一块砖缝中的味道。因为是工作日的下午，大堂没有什么人，只点了两盏白炽灯，激光宇宙球灯泊港一般趴在天花板上。吧台后坐着一个年轻的男孩，正低着头玩手机。徐美玉放慢脚步，右拐进一条走廊，没有开灯，走廊尽头的窗户很小，因此廊间很暗，两边排列着不下二十个包间，大多没有灯光，偶有一声尖锐的高音传出，半途像猛地被戳破了的气球一样，音调陡然滑向计划之外，或者完全破了音。

走廊上摆着一些绿植，徐美玉捏了下叶子，塑料的，花盆里的白石子上躺着不少烟蒂，石子被熏出了黑色，墙体镶了镜面的马赛克，她对着照了照，用手抻了抻衣角，理平整了。

徐美玉朝为数不多的有声音传出的房间走去，脸贴在玻璃门上，看见梅姐正张罗着给茶杯里倒水，一旁的男人对着话筒"喂、喂"地喊，像是在试音。徐美玉推门进入，梅姐放下水壶，拉住她的手，对男人说："老周，别唱啦，美玉来了。"

屏幕上跳出"青藏高原"四个大字，李娜的声音在房间里炸开，像突然降落在湖面的雨点，老周放下话筒，赶忙在点歌机上按下暂停键。徐美玉坐到沙发上，视线落在皮垫上被烟头烫出的一个洞，余光瞥见老周正在看着她。

梅姐打开菜单，对美玉说："想吃啥，你点，今天他请客。"老周没有接话，只是笑着把水杯递给美玉，杯子底部沉下去一撮黄的茶叶，她喝一口，涩得很："不了，我刚吃完中饭。"说着抓起桌子上的瓜子说："我吃几粒瓜子就行。"

出了KTV，日头还没落下，老周要坐八号线，徐美玉要回雇主家，梅姐拉着美玉的胳膊，对老周说："我同她顺路，咱们改天再约时间。"

老周走后，梅姐才问美玉："怎么样？人还可以吧。"

"有点瘦,唱歌的时候高音都上不去,中气不太足。"

"到了咱们这个年纪,还是瘦点好,胖了'三高'、心血管疾病都找上门来了。"

徐美玉问:"他老婆怎么没的?"

"乳腺癌。"梅姐说,"走了快二十年了,他俩原先都是公交公司的,那年头算是双职工家庭,可惜女的走得早,他自己说的,怕孩子跟着继母吃亏,就一个人带大孩子,这么多年也没再找。"

"他这样的男的倒是少见,就怕是没看上我。他对我也不是很热情,刚才你说要点菜,他都没反应。"

"抠点就抠点,以后一起过日子就好了,哪能在第一次见面的女人身上乱花钱?你放心,他跟我说得很明白,要找个一起过日子的老伴,不是那种胡来的人。"

美玉想了想说:"我看他点歌泡茶倒是挺熟练。"

梅姐在她手背上拍了拍:"嗐!唱KTV才多少钱?咱这个包间,唱一个下午才五十八,还送瓜子茶水。他退休了,没事了来唱一唱,打发打发时间,总比赌钱喝酒好。"

"我不是这个意思,他经常唱歌,认识的老太太怕是不少,怎么会到现在还没成事?"美玉问出心底的疑虑。

梅姐叹了口气:"这就是难的地方,他有个三十多岁还没成家的儿子。不过你放心,他儿子不是什么混子,坐办公室的,挣不到什么大钱,但也不拖累他。现在的年轻人,三十多岁没结婚的多的是。你考虑考虑,过了这个村,就没这个店了。"

手机在口袋里振动起来,徐美玉接了电话,是太太打来的,嘱咐她回来的时候经过超市记得买瓶橙汁。

"你仔细想一想,你是农村来的,又没有退休金,过了六十,活也难找了,现在三四十岁的都削尖了脑袋找活干,你还能干几年?"

徐美玉抬头,一枚落日滑进道旁的树丛中去,光线被树枝切割成块状。日落后就是黑夜,梅姐说得有道理,站在六十岁的边上,老周或许是她能抓住的最后一束光,她对梅姐说:"我再考虑考虑。"

二

去迪士尼是巴鲁突然提出的，太太在手机上订了第二天的门票。徐美玉给老周发信息，说明天他们不在家，自己能抽出空来。

老周回复她，总算能见面，咱们俩好像牛郎和织女。徐美玉没有接他的话茬，在她的心中，自己和老周还没有走到那一步。她用语音回复老周："明天上午你在路口麦当劳等我吧，我先去看看女儿和外孙女。"

徐美玉弯腰去擦拭柜子下面的灰尘。最近她觉得腹部的赘肉多了一点，蹲下来的时候大腿会感到一丝阻力，膝盖也变得脆弱了，蹲下和起身各自需要停顿几秒。快到六十岁，人好像正在一点点被什么东西覆盖住，不再能灵活地应对各种事情。事实上，她还没办法全然接受这件事，衰老不是一下子降临的，而是像日复一日不停地在身上蒙上一层湿纸一样，让她一点点行动受困，直到最后才覆住眼耳口鼻，一命呜呼。在这缓慢的进程里，她每隔一段时间都会感到新的不安。

她是今年才来这里做住家保姆的，小区在一家国际学校后面,有不少外国人住户,保姆群里调侃她说,美玉打进了上流社会。然而在这个上流家庭里,美玉暂时拥有的也只是一张床,上下铺,美玉睡下铺,印尼家教萨莉睡上铺。太太是广东人,嫁了一个比她大十几岁的香港商人,徐美玉叫他先生,但也不常见到他,就算回来,他也主要是在书房的电脑前工作,电话响个不停。太太的儿子巴鲁在国际学校读书,萨莉不用干活,只负责教巴鲁英文以及与学校沟通。徐美玉在电话里跟女儿说,还是当老外好,会几句洋话,钱就来了。

疫情以来,大约是家里生意受了影响,美玉做饭的时候,太太轻声说,月底过后她想辞掉萨莉,请一个兼职家教,要便宜不少。徐美玉听着,手中切土豆丝的动作慢了下来。徐美玉把话压在心里,洋人又如何呢?做保姆的,朝不保夕的事她早已司空见惯,太太的账算得清楚,辞掉萨莉,自己难免要帮忙照看巴鲁。

太太让徐美玉准备点帕尼尼明天带上,逛累了下午茶就吃那个垫一垫肚子。徐美玉当保姆二十多年,家常菜做得得心应手,也会细心地帮老年雇主剔去鱼骨。帕尼尼还是头一次做,她打开手机,开始查做法,因为不会拼音和五笔输入法,她只能用语音输入,她尽量说得很小声。网页上立马弹出菜谱,她觉得字体有点模糊,将手机拿远一点。五十岁出头她就已经出现了老花眼的症状,不过她不想穿过客厅回到自己的房间拿眼镜,就像忍住咳嗽和放屁的声音一样,她在这里很谨慎。一旦过了六十岁,就很难再找到新的雇主,单中介那一关就过不去。

徐美玉厌倦了在中介等活的日子,七八平方米的小屋子里摆着两排凳子,女人们递上证件后就挨个坐在凳子上,织毛衣或者闲聊,空间有限,她们的话语和身上的热气交织在一起。中介老板就是她们的菩萨,他在一堆证件中挑挑拣拣,选那些年轻点的,看起来老实点的,过了六十岁的人会被无情地剔除出去。虽然上海很大,但这些女人的战场其实主要就是在这七八平方米的空间里面,假如在这个小空间里被筛除,那就意味着很难在上海生存下来。

徐美玉距离六十岁还有一年零八个月,刚过五十岁的那几年,她没有特别在乎年龄这件事。那时她在浦东金杨新村照顾一个独居老人,老人八十多岁,独生子在美国工作,年轻时他在学校教美术,家里地上和墙角堆着不少裸体石膏雕塑。徐美玉第一次进家门,是中介梅姐带着的，五十几平方米的房间，原本是一室一厅，但客厅里隔出了一个房间，老人住主卧，用人住隔断间，里面没窗户，床是老式木板床，连席梦思都没有。

老人的耳朵已经不好了，梅姐悄声问徐美玉："你还有什么不满意的？你来打工，又不是来享福的，这个条件够可以了。"徐美玉说："房子这么小，一地石膏雕像，我怕他摔倒了子女讹我。"梅姐说："哪能的？不放心你让他们在家安装监控，你做好自己的事就行。"徐美玉又说："这些雕像胸脯都在外面，这老头怕是不正经。"梅姐拍了拍手。"他都多大了？"说着伸手比了个"八"字，"八十三了，早就是太监了。"徐美玉照顾老人那一年半，还是相对轻松的，老人不会计较她动作的快慢，吃东西也以软烂的食物为主，不挑剔做法。只有一次，他趁徐美玉弯腰给他洗头时在她屁股上捏了一把，力道很轻，徐美玉涨红了脸，没忍住，当场在他那只手的手背上打了一下。洗发膏的泡沫弄得一地都是，老人嘴里发出"呜呜"的声音，徐美玉说："你别混账。"老人没再干过类似的事。

按照手机里的描述，徐美玉在面包上依次铺上生菜、西红柿、烟熏鸡肉和芝士片，再盖上另一片面包，然后拿保鲜膜裹好。太太到厨房拿给巴鲁的牛奶，看到后告诉她，她喜欢吃有鳄梨酱的帕尼尼。徐美玉不知道什么是鳄梨，太太从冰箱里拿出一瓶牛油果酱，徐美玉重新打开保鲜膜，用调羹将牛油果酱抹在面包上，再包上保鲜膜。太太说："不能这样，保鲜膜要用新的，旧的打开后沾了手汗和细菌，下次做这些的时候一定要戴一次性手套。"

她知道太太的意思。去年冬天她的手背上生了湿疹，总忍不住去抓，红红的一团疹子看起来很明显，一开始太太让她休息了几天，但湿疹反反复复，手掌内侧和手指缝里面都出了疹子，每晚要在手上涂上一层厚厚的药膏。这双手过去一直在厨房和洗衣间忙碌，蜕皮、长湿疹都是在所难免，不过她比妈妈要幸运，乡下冬天的河水像刀子，女人们洗完衣服后，挽起的袖子下双手一片红。阿妈说人在世上，就跟地里的菜一样，难免受风霜的磋磨，留下一些印记。阿爷脚指甲盖上的锈色，是常年泡在稻田里留下的，阿妈关节变形的双手，是在冷河里洗衣服留下的后遗症。

春节期间她去看住在三林的女儿，女儿告诉她，湿疹还是要看中医，做做调理，最好不要经常沾水。徐美玉想，自己哪有那个命，不沾水不干活，很快就会被炒掉。在太太家的房子里炖中药，难保人家有什么想法。

湿疹严重的时候，徐美玉涂完药膏，干脆拿医用胶布贴在上面，既防水又不会被看到。虽然眼下已经好了七七八八，但手上还是留下了一些黑色印记，她也没有再复诊——没有假期，看病都会被扣工钱。

三

第二天一早，太太就带着巴鲁和萨莉出门了，萨莉肩上背着一只硕大的包，徐美玉心里念一句"阿弥陀佛"，背着包跟着逛一天，光是想想她都觉得全身的骨头要散架了。

他们走后，家里就只剩徐美玉一个人。她进入卫生间，从柜子里拿出快要过期的面膜，太太给她的时候说："徐阿姨看起来还很年轻，脸上没有什么皱纹，用了保准更加年轻。"虽然知道太太是在说客套话，但徐美玉还是觉得有些受用。

敷面膜的间隙，徐美玉瞥见洗脸台上的口红，应该是临出门时太太对着镜子补妆时落下的。敷完面膜，洗干净脸，她回到房间里。打开衣柜，里面挂着一只托特包，是女儿淘汰下来给她的。虽然衣柜只有她和萨莉在用，但却几乎占用了一整面墙边的空间，她倒宁愿她们的床能大些。萨莉那边满满的，美玉这一边则显得空空荡荡，只有一只包和一些必要的衣物。她觉得，萨莉毕竟还年轻，到一个地方就要填满衣柜和房间，过段时间被辞退了，她就知道有多麻烦。从衣柜里附带的小镜子中，她看到额头两侧有白发冒出，于是翻出一盒染发膏。

她五十岁出头就饱受白发的烦恼，那一年她丈夫张友明去世，她在病床前一直照顾到他咽下最后一口气。奇怪的是在照顾他的时候她并没有长出白发，等到过完三七，女儿张璇回到上海，不久后她也跟着来了，白发就一根根地从额前长出来，她去染头发，但很快从发根处又会变白。白发像癌细胞一样缠着她不放，她突然能体会到张友明患癌那几年的心情，一个一直健康的人忽然被疾病缠上，一点点丧失身体的自主权却又无能为力。

美玉拿出染发膏，想了想又塞回包里，卫生间的洗手池是白色的，染上黑色不好打理。总之，做这份工作就像梅姐说的那样，在任何享受的时刻都要用手指甲掐一招手心，告诉自己是来工作的。她换上一件新买的衬衫，提着包，打算去看望女儿。这份工作除了春节，几乎全年无休，她已经很久没有见到外孙女嘟嘟了，与朋友们在公园跳交际舞简直就像上辈子的事。

临出门，徐美玉想了想，又折回卫生间。太太的口红摆在洗脸台上，口红的壳子上有一些粉色的水钻，她用手摩挲着那些水钻，她还从来没戴过钻石项链。她看着镜子里的自己，无法相信自己已经快六十岁了，四十岁都好像是昨天的事。那个时候她一天做三份工，上午和晚上各有一份钟点工，下午自己在中介那里接点零活，她在公司厕所的镜子、雇主们家中的镜子里都看到过自己的脸，不过来不及细看，就匆匆用抹布擦除镜子上的污点，她用这样赚来的钱供女儿读完大学和研究生。她很少有机会细细地看自己的脸，对着镜子化妆或者选择衣服，她觉得这些是太太们的权利。徐美玉鬼使神差地拧开口红，噘着嘴巴，抹上口红，又抿了抿，用手指把颜色抹匀，再细心地把口红按照原来的方式摆好。

在东方体育中心换乘11号线的时候，徐美玉留意到车厢内有不少年轻的家长带着孩子出游,孩子们要么脑袋上戴着米老鼠耳朵,要么穿着公主裙。徐美玉仔细辨认着车厢内的路线图,三林过去几站就是迪士尼。去年女儿女婿带着嘟嘟去了迪士尼,当时打过电话给她,问她要不要一起去,那时候刚好临近圣诞,太太要请朋友回来过平安夜,徐美玉负责做饭,要想着花样做各类菜品,走不开。后来女儿给她发照片,嘟嘟穿着蓝色的公主裙,在啃一只火鸡腿。她问女儿火鸡腿多少钱,女儿说你别管,去玩的话就要尽兴。

徐美玉敲了敲门,开门的是亲家母焦凤霞,她手里攥着一把掐了根的芹菜。焦凤霞瞧见她,只淡淡说了句"来啦",就去厨房了。女儿张璇从卧室出来,头发也没梳,抱着嘟嘟,嘟嘟撇着嘴巴,手里攥着一瓶酸奶,要张璇给她拧开盖子。张璇把酸奶放下,要嘟嘟叫外婆,嘟嘟盯着徐美玉看了一会儿,才叫了声"外婆"。

徐美玉当着焦凤霞的面掏出钱包,往嘟嘟兜里塞了两百块钱,张璇放下孩子,对焦凤霞说:"奶奶看会儿宝宝。"进了房间,张璇关上门,徐美玉看到床上堆着一堆衣服,嘟嘟的玩具到处都是,快没地方下脚。

嘟嘟出生前,张璇跟徐美玉提过,想换一个大点的房子，现在的房子只有五十多平方米，太小了，但还缺一点钱。当时徐美玉将银行卡攥在手里，打算给张璇，她感到卡都快被自己握化了，这里面的每一块钱，都是她伺候人换来的。那么到她老了呢？她伺候过不少独居老人，买菜要给人钱，月底要付人工资，去医院看病还要额外给护工钱——活着就是在烧钱。卡给出去了，谁晓得她明天还做不做得动？

张璇看懂了母亲的犹豫，最终没有要徐美玉的钱，嘟嘟出生后，徐美玉拎着草鸡蛋和走地鸡去看女儿，焦凤霞在一旁说："鸡蛋哪里都能买到，家里地方小，摆不下。"

"你来就来，给嘟嘟钱干什么？你赚钱那么容易？"张璇问。

"这么久没见你们，我做外婆的给嘟嘟钱买零食吃怎么了？"徐美玉心里清楚，焦凤霞就图这些小恩小惠。

"还不是因为你那个工作，要我说，以前那种钟点工就蛮好的，住家保姆，搞得有家不能回。"

话到嘴边，徐美玉硬生生咽了下去。张友明生病那几年，她带着他去北京和上海求医，一个疗程的化疗少说也要半个月，病床位难求，大多数时候都要在医院旁边的小旅馆租房子。张璇那时候工作刚稳定，打算结婚，买房子需要不小的一笔钱。张友明说，不能麻烦孩子，徐美玉咬牙硬挺了过来，钱流水一般往外出，人也没保住。张友明去世后徐美玉回到老家，她婆婆住在后院，徐美玉跟卖菜的多说一句话，老人家都要借着送一把空心菜的由头来敲打她。徐美玉知道，老人从苦日子里过来的，对儿子留下的一砖一瓦都格外珍惜，生怕她再婚后卷走家里的钱。可家里还有什么钱？她歇不住，也为了避免跟老人家争吵，打算找点活干，可在中介处找了一圈都没合适的，地方小，对家政的需求不大，到最后还是跟着张璇前后脚回到上海。

徐美玉打从踏入女儿家门起，就知道自己待不长，女婿常说要把妈接过来，生了孩子后就让他妈带。徐美玉看看这个家，两个小房间，以后添了孩子，亲家母再过来，自己还不得赶紧挪窝？想来想去，徐美玉还是找了梅姐，梅姐是中介，也是她老乡，这些年她俩还算有点交情，梅姐看中徐美玉不偷奸耍滑，是个"老实的"。徐美玉没说女婿的事，只说趁着还能动想多赚点钱，梅姐越过中介所其他等活的女人，单独给她介绍了现在这份工作，这对徐美玉来说是个大恩情，因此梅姐说到老周的事时，原本没有动这个心思的她还是答应了见面。

"嘟嘟爸爸呢？"徐美玉岔开话题。

"还能去哪？被叫回去加班了。"

"哪天有空，我带你们去迪士尼玩。"徐美玉理了理张璇夹进裤子里的一处衣角，"他们家今天去迪士尼了，我就想起你小时候，我跟你爸从没带你去玩过。"

女儿起身，打开桌子上的电脑说："改天再说吧，每天一堆活，家里的，公司的，妈你出去陪嘟嘟玩会儿，我处理个紧急文件。"

徐美玉拎着包出了房门，打算去卫生间染头发。厨房里嘟嘟正在奶奶身边，用脚踩滴落在地上的酸奶，焦凤霞说："哎哟，小捣蛋鬼，奶奶好不容易拖干净的地……"焦凤霞放下锅铲，拿一张厨房纸，她弯腰的时候徐美玉看到了与自己的动作相类似的迟缓，她把地上的酸奶一点点擦干净，抬头看到拎着包的徐美玉，说："留下吃饭吧。"

徐美玉把染发的事憋了回去，只说："不了，约了朋友。"

"朋友？"焦凤霞重复了这两个字。

焦凤霞在这里当然没什么朋友，在安徽农村做了一辈子家庭妇女，老了又来伺候儿子一家，朋友最多就是几个同样从老家来上海带孙子的老人。带孙子好像是每一个老人的宿命，徐美玉觉得自己是从这张宿命的网中漏出的一条鱼，但看着焦凤霞围着灶台忙的样子，她好像在这张网中自得其乐。说是厨房，其实就是在客厅里辟了个空间，稍微转个身都能撞上一旁的冰箱。但焦凤霞细细地把每一寸空间都安排妥当，哪里放碗，哪里放碟，哪里装个挂钩能扣锅子……徐美玉忽然明白了，原来这张网里有焦凤霞全部的生活。

四

徐美玉出了小区门，女儿打电话给她，问她怎么不吃个饭再走。徐美玉说，约了朋友。女儿说，朋友朋友，从小到大，一年到头见不了你几次，见朋友倒挺勤快。说罢挂了电话。

小区种了白花槐，一串串白色的花朵压在枝头，徐美玉摘了一串拿在手里，张友明死的时候也是白花槐盛开的季节。她原本没想到张友明会走得那么快，头一天给他喂止疼片的时候，他还能坐起来自己端水喝，第二天一早，牙关就闭得有点紧了。徐美玉对他说："友明，你使点劲，我把药给你喂下去。"张友明的喉头有声音滚出，接着白眼珠往上，很快就没了动静。徐美玉一只手抓着另一只胳膊，像要把自己从这间病房里拎出去一样。

花朵里有虫子爬出，徐美玉扔了花，走到路的交叉口。等红绿灯的时候，她看到路旁的公园里，有好几个跟她差不多年纪的妇女聚在一起聊天，手里要么提着包，要么推着婴儿车，公园里有一个小沙池，几个孩子正用塑料铲挖沙子。绿灯亮起，徐美玉快步过了马路，她感到自己的步伐有点不稳，从前看老人过马路时一脚深一脚浅的样子，她没有过多感触，不过现在她全身的骨头，包括脚踝，确实没那么硬了，人上了年纪，就好像一个被戳了洞的沙袋，变得摇摇晃晃起来。

过了两个路口，徐美玉在公交站前停下来。搭乘公交去浦西，过了杨浦大桥不远，美玉下车，拐进路口一家麦当劳，她对着门口的玻璃门照了照，把额头两侧的白发别到耳朵上，再把头顶的黑发往前理了理，直到看不到太多白发。星期六，麦当劳里人多，离出风口比较远，搭配皮质软座的位子被几个烫了玉米烫的老人占据，她们一边吃咖啡，一边用上海话聊天。老周坐在靠近洗手池的位子，面前摆着一只托盘，纸质咖啡杯上有咖啡渍，一旁是被撕开的糖包和奶球。他戴着老花镜，在看一张皱巴巴的报纸。

"哎哟，你怎么还吃糖？"徐美玉说。

"吃一点，不碍事。"老周放下报纸，把老花镜收到眼镜盒中，对她说，"要吃什么，来点！"

徐美玉说："我不吃这些，最近长胖了。"

老周说："你胖点好看。"

从年轻的时候到现在，即使被很多人夸长得好看，徐美玉在听到类似的话时还是觉得耳朵热热的。

年轻时她去相亲，几乎都是她挑人家的毛病。徐美玉还记得那些挑挑拣拣的日子，那时有个人家里是开豆腐厂的，马路还没修到村子里去，他每天要挑着担子往返好几趟运豆子和豆腐。美玉的父母很满意这个后生，对农家来说，能做事能吃苦意味着将来至少不愁吃喝。但美玉并不想每天在豆腐厂里生活，热烘烘的蒸汽和湿漉漉的地板像蒸笼一样，把一个人的青春岁月全都蒸走了。她想再看一看，那个人约她出去，她倒不拒绝，他们去县城吃虾肉馄饨，那个人说要带她去裁布做衣裳，美玉吃了馄饨，没有要衣服，一碗馄饨钱她出得起，裁了衣服，将来闹翻了不好看。一来二去，那后生就和别人定亲了。美玉后来见到他带着妻子一起去卖豆腐，那个女人身上穿着新做的棉质连衣裙，腰上兜着一圈肉，她用指关节粗大的手给人家切豆腐，整个人像泡发的黄豆一样。

美玉二十六岁的时候跟张友明结婚。二十六岁，在乡下，这个年纪的人多半早已为人父母。张友明在村委会做会计，下班后会骑自行车带她去县城看电影，张友明爱看战争片，《地道战》和《瓦尔特保卫萨拉热窝》的剧情他能从头讲到尾，他对徐美玉说南斯拉夫和苏联的事情，说美国人每天要喝三斤牛奶，徐美玉把这些当故事听，她在张友明身上能找到一点新鲜的东西。张友明说，现在是下海潮，好多人去深圳，他也要去。但一直到死，张友明都没能踏出那一步，要么就是没路费，要么就是工作忙走不开。徐美玉倒是在女儿五岁时跟着娘家村里的姐妹去了上海，带她去做工的姐妹说，干咱们这行的，要么是家里兄弟要盖房娶亲，要么是老公不争气，都是苦命人。徐美玉不出声，心里清楚，指望张友明一个月那点钱，是不行的，女儿出生以前，两个人还能随便过日子，但孩子一出生，情况就完全不一样了，张友明没有要攒钱的意思，徐美玉不能再指望他，于是她从月薪几百的保姆做起，一直干到了现在。

美玉喝不惯咖啡，老周起身，去前台买果汁，他问徐美玉："你好喝冰的啦？"老周的普通话沪语口音很重，夹杂着"个么""的啦"之类的词语，美玉知道，常年在麦当劳和KTV里消遣的老人中，有不少是跟老周一样的上海人。美玉也问过老周，怎么不找个跟你一样的上海女人，拿退休金的，天天去逛公园唱K。老周说，我嫌她们吵闹，喜欢安静的，再说这事主要看缘分，不能光看条件。

"不喝冰的。"徐美玉回，年轻时她爱吃冰棍，但做家政以来，吃饭不准时，胃落下了毛病，吃点冰的就一宿一宿地疼。这些她从未对张友明和张璇说过，在上海这些年，女儿一直在老家跟着爸爸，也吃了不少苦，女儿很少找她诉苦，徐美玉觉得自己对不住她。

老周说"知道了"，就去吧台买果汁。不知道是不是上了年纪的原因，他走路时腰有点弯，徐美玉想到张友明，即使到了最后的辰光，走路脚步不稳，他的腰板也是直的。张友明的墓碑上没有刻字，女儿说，将来等美玉百年之后，再一起刻上名字，徐美玉和张友明的名字刻在一起，立碑人是女儿和女婿，这个画面几乎是徐美玉关于寿终正寝的全部想象了。在内心深处，她一直认为，即使她跟老周能走到一起，到最后，自己的名字一定还是会出现在张友明的墓碑上。

"有件事体想跟你商量商量。"老周把果汁端到桌子上，对她说。

"你说。"徐美玉喝一口果汁，想着要是老周要跟她结婚，她到底该说什么好。她还没有跟女儿说自己与老周的事，要是不结婚，就住一起，她是不答应的。徐美玉不自觉地把吸管咬紧了。

"我儿子的事。哎哟，伊这个人，嘴巴不灵光，不会哄女孩子开心，上个月亲戚帮伊介绍对象，小姑娘是做老师的，规规矩矩，闲话不多，蛮般配。我帮伊讲，结婚要快点，伊这个年纪，耽搁不起。我嘛昨天夜里厢想过，要么就把现在住的这间房子腾出来，给小两口做婚房，要么就给伊一笔钞票做首付，买一套新居。"

"房子给他们，你住哪里？"

"我嘛，出去借个小房间，老头子一个，怎么都是过，但我是真心想跟你度过下半生。"老周特地将"度过下半生"几个字用标准普通话说出来，"我总不能，让你跟我一起借房子住吧。"

徐美玉握紧了搭在膝盖上的包的带子："那你是怎么想的？"

"我算了算，嘉定新城那边的房子不错，配个车子，小两口过日子足够了，就是我这些年，你也晓得，就靠点退休金，实在不够，我想……要是侬愿意，借四十万给我，我打借条，这样，我跟侬结婚后能住原来的房子，阿拉还能有自己的空间……"

徐美玉抠着包上的金属扣子，拿不定主意："我女儿之前想换一套大点的房子，我都没有出钱，现在这么做，我怕她有想法。"

老周端起杯子，仰头喝完剩下的咖啡，用瘦骨嶙峋的手抹了抹嘴，叹口气道："这是难办，我嘛也是真心想跟你处下去，阿拉年纪都大了，儿女自己的生活都对付不过来，能顾得上我们？再过几年，你找事情做也难了，难道要回乡下一个人住？"

徐美玉说："我再考虑考虑吧，四十万，不是小数目。"

这么多年来，徐美玉的生活就是围绕着擦拭地板、用手抠土豆上的虫眼、用力搓掉内裤上的血迹这些事，即使是现在这样薪水尚可的时候，也要好几个年头不吃不喝才能换来四十万，把它们交给一个自己不了解的人，她无论如何也做不到。

在回去的地铁上，徐美玉接到了梅姐的电话。

"你怎么想的？老周说你没答应。"

"老周要我出四十万给他儿子买房，我怕我女儿有意见。"

梅姐沉默了一会儿，然后说："这是要好好想想，不过，你要是能看开点，这钱就当投资了。况且，他只说'借'，将来还是要还你的呀。等你老了，就难有这样的机会了。"

徐美玉说："我跟他认识还不到三个月，就跟我借钱，怕不是骗子？"

"你要真不放心，我有个主意，可以试探试探他。"梅姐说，"你就跟他说，四十万给他，也不要借条，条件是在老房子上加你的名字，他住的那个房子是两室一厅，挂出去至少能卖四百万，你这叫以小博大。"

"他又不是傻子，怎么可能答应！"

"哎哟，妹妹，你真是个老实人！他要答应了最好，不答应，你就说是试探他真心的，还能有个台阶下。我要是有你这条件，我都想去搏一搏了。"梅姐在那头恨铁不成钢地说。

徐美玉说考虑考虑，就挂了电话。她不想冒这个险，老周这边说昨天想了一晚，那边连嘉定新城的房子都看上了，谁知道他到底是怎么想的。徐美玉摊开双手，看到指缝中蜕皮的地方，想起将消毒水倒进水桶里搓抹布的日子，她靠自己渡过一个又一个难关，哪里需要什么老周老李！

车厢内人并不是很多，大片的位子空着，徐美玉看到对面的座位上有一张迪士尼宣传册。她起身，一只脚踏出去，另一只脚留在原地，背部弓着，用手够到那张宣传手册。宣传册是三折页，正面是一座城堡，徐美玉打开内页，里面画着一些卡通人物，她看到另一页上写着"尊享导游价，1280元/位"的字样，她把宣传手册塞进包里，下一站上来了一些人，她挪动屁股，让出更多的空间给别人。

回到工作的小区，门口的保安认出她，直接按下开门键，徐美玉对他点点头，算是打招呼。道边种着好些高大的香泡树，青色的果实坠在枝头上，徐美玉知道那些果实其实很涩。树下是一排排绣球花和黄金菊，植物都被打理得很好，没有逾矩到步道上。在乡下就不同了，一不注意杂草就长满田垄，怎么也除不尽。楼道的大堂前做了一个毫无用处的大理石穹顶，连接着一条不长的走廊，走廊尽头才是大堂，穿制服的工作人员给她开了门，大堂里挂着一些油画，徐美玉早已习惯看那些油画里的外国男女衣衫不整，露出健硕的肌肉和乳房。她上了电梯，刷卡后按下十一楼的按钮。

要说在这份工作里她收获了什么，除了钱以外，可能就是熟悉了富裕生活的某些方面。不过不管是挂着油画的大堂，还是室外那些果实累累的香泡树，对她来说跟画里的景观差不了多少。电梯门打开后，就是入户门，开门后，她步入悬着水晶吊灯的客厅，穿过走廊，来到走廊尽头自己的房间。

萨莉的床上堆着一些衣物，有些还悬挂在半空中，徐美玉把它们塞回去，又把自己的包放回衣柜。她给女儿打电话，告诉她自己已经到家了。女儿说："下次放假早点来，起码吃了饭再走。"美玉慌忙打开衣柜，从包里抽出那张迪士尼的宣传册："等你和嘟嘟爸爸都有时间，周末我请假一天，带上嘟嘟，我们一起去迪士尼。"她想到"1280元/位"的价格，在心里盘算三个大人一个孩子要多少钱，要是焦凤霞也去，她就觉得钱花得有点冤枉了。

女儿说："再说吧，等凑出十天年假，时间也宽裕点。"

"你还记得吗？你小时候来上海找我，老要我带你去锦江乐园玩。"徐美玉说。

那时候她还没有做住家保姆，住在闵行一个未拆迁的村子内，跟七八个女人挤在一幢村房里面，夏天的晚上时不时会断水断电，房间里总是备着蜡烛，停电的时候把蜡烛塞在啤酒瓶里，这样的日子她过了很多年。张璇那时读初中，暑假来上海找她，徐美玉每天早上把饭做好，晚上再回来，她多半睡下了。张璇一直没有提出想去锦江乐园，直到暑假快结束的时候，她才说搭地铁的时候看到了摩天轮，想去玩一玩，但徐美玉的日程被工作占据得满满当当，去玩一趟，从早上的交通，到中午的吃食，再到安排游玩项目，不仅耽误自己挣钱，还要花钱。最后她只给了张璇一百块钱，让她自己去，徐美玉不确定她后来有没有自己去锦江乐园。现在想来，女儿的整个青春期徐美玉都不在身边，她究竟是怎样一个人度过月经初潮和高考的？相比较之下，去没去锦江乐园反而像是一件微不足道的小事了。

"那都多久以前的事了。再说，我不是带嘟嘟去过迪士尼了吗？"张璇没有在这个话题上做过多停留。

"是妈妈……"徐美玉把"对不起你"四个字咽了下去，接着说，"等你放年假一定要跟我说。"

"知道了，到时候再说。你那个活，要是干着吃力就别干了。"

"不干，哪里有饭吃？"

"等嘟嘟大点，我们存够了钱换个大点的房子，你来住也不是什么事，我就怕你跟嘟嘟奶奶处不好。"

徐美玉说："我不去，我能自己干活养活自己。"

"等你七十岁的时候再跟我犟嘴吧。"张璇说。

话虽如此，但她毕竟觉得抓住了一点光，不至于一个人步入黑夜："要是你们换房子还缺钱，大钱我没有，十几二十万还是可以赞助的。"徐美玉说出这话，手心都出了汗，一块一块攒下的钱，筑成了她的安全感，要是一下子被拿掉，就像抽走她的脊梁柱一样。

"你的钱留着自己买点东西吃吧,我跟嘟嘟爸爸再苦几年。"张璇说完,匆匆挂了电话去哄孩子了。

太太给徐美玉发来微信,说要到明晚才回去:"刚才巴鲁吵着要住园区里面的主题酒店,今晚我们就不回去了。"徐美玉搜了搜园区内酒店的价格,跳出的四位数字让她咋舌。

晚上,她躺在床上,头顶是上铺的木板,一直以来,她习惯有呼声从上面传来,也习惯了在黑暗中听到萨莉翻身的声音。她不会英语,跟萨莉仅有的沟通全靠手势和手机翻译,是什么原因,才会让萨莉来到离家乡那么远的地方?她曾给徐美玉看过手机里三个孩子的照片,一个儿子,两个女儿。或许是因为生育的原因,萨莉的腰上缠着一圈肉,脖子也像被脂肪包围一般,显得很短,五根手指头伸出来,像刚从地里面拔出的胡萝卜。美玉想,或许这些脂肪就是生活在萨莉身上留下的痕迹。自己呢?她伸出手,看到手背上湿疹留下的一些黑点,她的腹部有三十岁时结扎手术和四十六岁时胆结石手术留下的疤痕,更小的时候,她害过疖子,挤出脓血后,太阳穴的位置留有一块一角钱硬币大小的疤。往后，她的身上会出现更多的印记：白发、皱纹、老人斑……阿妈说得对，人活在世上就是一个不断被打上印记的过程。

她打开手机，用语音输入"迪士尼乐园"，跳出一些宣传单，她费力地辨认着里面的信息，这对她来说是一件不容易的事，好像世界上的信息变得越来越多，也越来越难以理解。在她小时候，去供销社买东西是一件很容易的事，不管是化肥、种子，还是白糖、酱油，只要说了，就能买到刚好的分量。现在去购物，她会被一排排恨不得堆向天花板的货物弄得头晕目眩，各种折扣的组合方式，每次她都要计算好一阵。

她看着手机屏幕里让人眼花缭乱的迪士尼游览攻略，起身，从衣柜里翻出一个粉色壳子的笔记本，封面是翁美玲的照片，本子用了将近二十年，已经快散架了，里面是她这么些年开销和收入的记账，天气潮湿，有些字的边缘已经洇开了，徐美玉看着这些数字，无法想象自己已经走过了那么长的时间。

她戴上老花眼镜，翻到崭新的一页，因为只读到小学毕业，徐美玉写字很慢，但她还是对着手机，一笔一画地誊写迪士尼游览攻略。

洄

游

一

收到姑姑的信息时，钟紫冉正和张斐在吃旋转寿司。寿司店在商场的二楼，紧挨着一家日式和果子店和一家拉面馆，楼层尽头是一面标注着"正在装修"的木板墙，商场似乎是要将这里打造成日式街。穿着粉底樱花图案浴衣的促销人员给路过的人发点心，小小的粉色面团，上面细心捏出了花瓣的褶皱，但尝起来几乎只有甜味。

他们常选不同的商场碰头，这是精心计算过的。见面通常是在周日下午，那时他们都睡过了懒觉，因此也有精力去探索一些新鲜事物。他们去过演唱会，也带着食物和垫子去过公园，研究过旅游攻略，大大小小的旅游手册拿回来不少，但张斐说，假如一定要跟着攻略旅游，那么最后一定疲惫不堪。相比较之下，他们还是喜欢在商场中度过周日下午，这个立体的空间里，所有的物品都堆放在触手可及的地方，个人无须做太多努力。

白色的传动带在面前发出嗡嗡的声响，张斐看着三文鱼寿司被前面的男人拿走，只好继续等待下一盘，他对钟紫冉说："你知道吗？三文鱼其实只是一个商品名，实际上有好几种鱼都被叫作三文鱼，它几乎是最成功的消费符号之一。"在等待下一盘三文鱼寿司的间隙，张斐又说起加拿大弗雷泽河里太平洋鲑鱼的洄游，按照人类的思维方式，回到出生地繁衍后代几乎可以被看作一种退步。人总是想往更远的地方去，但是鱼不一样，没人知道它们为什么要遵循那样的传统，一遍遍回到出生地。

钟紫冉拿起面前的一碟蟹肉沙拉寿司，沙拉酱的味道很重，几乎掩盖了一切风味，她看到手机屏幕上来自姑姑的信息：拆迁日期定下了，你爸爸的东西还在老宅，最近有时间回来看看吧。

张斐将一只三文鱼寿司放到她碗里，她没有察觉，给姑姑回了信息：我最近挺忙的，可以让我妈妈回去处理吗？很快，姑姑回她：你爸只有你这个女儿，你还是尽量回来吧！

钟紫冉对张斐说了这件事，事实上她觉得妈妈更有资格处理爸爸唯一的遗产——清溪县的老宅，但姑姑坚持让她回去。张斐想了想说："可能在你姑姑的认知里，你妈妈算是'外姓人'，何况他们已经离婚了，再回去的话，有争夺遗产的嫌疑。"钟紫冉咽下一口大麦茶，暗想，所谓"遗产"也不过就是县城的回迁房和为数不多的安置费，配合网上"县城房价腰斩"的新闻来看，回迁房未来可能很难脱手。

"后天我就能拿到公租房的钥匙，你要去我那里看看吗？有一个院子，我想可以种点花。"张斐问道，用一种漫不经心的口吻，"公租房能住六年，这六年我好好攒钱，未来即使不能在上海的高校找到教职，去周边城市安家应该还是可以的。"后半句是说给钟紫冉听的，但更像是在给自己打气。博士毕业后，他进入上海一所高校，在内卷的旋涡中谋得一席之地，虽然只是博后，但好歹得以暂时露出脑袋喘一口气。

"看情况。最近快期中考试了，学生家长那边盯得挺紧的。"钟紫冉含糊其词，事实上她害怕自己看到张斐安居的家后会有结婚的想法，即使只是公租房。

洄游　111

他们没有刻意聊过结婚的事，彼此都觉得缺乏时机和条件。但有次在商场闲逛的时候，他们无意中走进一家家具店，原本只是打算坐在沙发上休息一下，张斐却认真地试了试各种材质的沙发，仔细阅读尺寸表和材质手册。他说四到五人的沙发太大了，他应该买不起那么大的房子，双人沙发又太小，无法躺下，三人的刚刚好，将来还可以养一条小狗。钟紫冉不知道张斐在说这些时，有没有意识到他描述的这个场景很像一个家庭该有的样子。她只是靠在那张皮沙发上，盯着前面的电视机屏幕放空，里面的主妇正在用各种工具做料理，从切口蘑的刀片到烘焙用的模具，她惊讶于厨房里的器具种类居然不亚于一个武器库，并且已经细分到令人难以置信的地步，仿佛每一个小小的盘子和锅铲都在诱惑着你走进厨房。

商场的中庭布置着一株棕榈树，塑料制作的，乘坐自动扶梯下楼时，钟紫冉好几次觉得自己伸手就能够到棕榈的叶子。张斐说，这商场的设计有问题，自动扶梯旁边没有加装防护板，很容易出事。钟紫冉抬头，几根漆金的仿罗马立柱延伸向上，穹顶安了玻璃，但根本不可能看到星星，她想起新闻里的事——一个人究竟在什么情况下才会从这里跳下去？张斐拉了拉她的胳膊，提醒她乘扶梯时不要抬头看。钟紫冉收了神，看到棕榈树根旁有卖水果的小推车，推车上支着一个蓝白相间的雨篷，鉴于这里几乎没有自然光，雨篷更像是装饰物。

张斐问了推车上草莓的价格，从四十八元到六十八元不等，买一送一。他拿起一盒，举到额头的位置，透过光，想看看有没有烂掉的。有一年张斐从路边的卡车上买了一盒草莓，卖的人保证草莓是早上刚从大棚里摘下来的，但是洗干净后只剩不到一半可食用。张斐端着那半盒洗好的草莓，晃荡在没有窗户的厨房里，叹了口气。钟紫冉当时还在公立学校工作，领一份城市里中位数的工资，张斐在读博，每个月的津贴少得可怜。她并没有为买到烂草莓而难过，让她难过的是整个生活，是狭小的厨房、角落生了水锈的卫生间、被冰箱占据的过道所组成的生活。印象里那之后他们没再买过草莓，但现在显然不同了，张斐已经拿到了一点生活的主动权。

穿着与雨篷同款蓝白相间工作服的售卖员小心提醒，不要挑拣。张斐问钟紫冉："你想买哪一盒？"钟紫冉说："最便宜的那种吧。"张斐的手划过六十八元的那一堆，每一颗草莓都被妥帖地卡在凹槽里，下面垫着绿

洄游　　113

色的海绵垫。一直到四十八块钱的那堆，草莓一个叠一个地被装在盒子里，碰伤在所难免。钟紫冉猜他很想在四十八块钱的那堆里挑出毫无碰伤的一盒，两分钟后他做了决定："那要六十八元的吧。"

张斐和钟紫冉住在不同的方向，在世纪大道站分别的时候，张斐终于还是说出了那句话："你要不要找一份按时上下班的工作，不用担心房子的事，可以住在我那里。"钟紫冉张了张口，语句都噎在喉咙里，只是回了句："我先处理好我爸老宅的事。"

地铁报站声响起，门口的人群往里聚了聚，钟紫冉看了看张斐手上装有草莓的袋子，没有说话。她推了推张斐，他于是摆摆手说了再见，地铁门开的那一刻，钟紫冉看到里面的人像潮水一样涌出，外面的人又奋力游进去，抢夺一个座位，这还是周末非高峰期的情形，钟紫冉想起小时候写作文时常用到的"沙丁鱼罐头"的比喻，在这一刻得到了具象化的印证。

张斐走后，钟紫冉没有立马乘车离开，而是搭乘自动扶梯到了地铁站上的商场里。她在一家咖啡店里找了个角落的位子坐下，收到张斐的信息：草莓忘了给你，我现在回世纪大道。钟紫冉回他：不用了，我还要跟我妈说点事。张斐回了一个"OK"的手势。

钟紫冉拨通了陈明英的电话，在等待接听的时候，咖啡店服务员叫道"钟小姐"，几乎同一时间，陈明英接了电话，她的大脑忽然呈现出空白状态，不知道该先做哪一件事，她听到电话那头弟弟童子舒的声音，好像是在为看动画片的事发脾气，陈明英同他辩驳几句，然后进了房间，四周忽然安静下来。钟紫冉讲了姑姑给她打电话的事，老宅附近会建一条省际公路，实际上拆迁公告三年前就已经下达了，现在一切终于要尘埃落定。陈明英那边沉默了一会儿，然后说道："我陪你回去，事情很多，那边的亲戚你又很久没有往来了。"

挂断电话后，钟紫冉喝了一口咖啡，她记不起上一次这样一个人坐着喝咖啡是什么时候的事了。每天早上她必须在八点前陪同埃里克去学校，送他进教室后，她能在一楼的餐厅点杯咖啡，听旁边的主妇谈育儿经，从预约马术课到男孩割包皮的最佳时间，一直到下午四点放学。这中间她需要根据课表行动，英文和数学课她需要全程在场，记下知识点和作业，体育课要准时出现在更衣室附近，音乐课需要帮埃里克拎大提琴……放学后，她会陪埃里克做完所有的作业，通常在那之前，埃

洄游　115

里克的妈妈肖岚已睡下了。

张斐下班后给她发消息,她总没办法及时回复,张斐怀疑这份工作的意义:"没有社保,也没有晋升渠道,你干脆找个正经的公司去上班好了。"

"我想快点攒笔钱。"钟紫冉有点生气,她不是没有跟张斐讨论过留学的事,当时张斐还在网上搜罗了一堆学校,从一年制的英国课程硕士,到澳大利亚、新西兰比较好申请的学校。为了攒钱而接受这份私人家教的工作,这是她当时和张斐讨论后的结果,这份工作薪资可观,还提供食宿,怎么看都是当时的最优选。然而等张斐毕业有了工作后,他又会时不时地提醒钟紫冉这份工作的性价比不高,有一种催促她快点安定下来的嫌疑。

晚上回去,她盘算着请假的事。按照她和埃里克的妈妈肖岚签订的合同,一个星期工作五天,周末可以自由活动,周六晚上可以不回来,但是周日晚上十点半前必须赶回来,因为周一埃里克还要上课。请假是需要扣工资的,因此,她希望能尽快处理好这些事情,只跟肖岚请了三天假。

"你家的事要紧。"肖岚说这话时,正在教新来的保姆怎么用榨汁机,"不过,最近快期中考试了,埃里克的老师跟我说，他已经有点落后了，我都快愁死了！你处理完家里的事，尽快回来。"保姆端起榨好的苹果汁，送进埃里克的卧室。

肖岚小声问钟紫冉："你觉得这个阿姨怎么样？"钟紫冉想起阿姨做菜的样子，她拿着刀，一点点慢慢地切一块土豆，锅里的汤溢出来后，又赶紧去关火，然后拿纸蹲下来擦拭地板上的汤汁。

肖岚漫不经心地说："我觉得她活做得不是很好，年纪也大了些，很多东西都不会用，打算再找一个。"钟紫冉没多说话。

也许肖岚也曾在别人面前评价过自己，评语或许更糟，在她这个年纪，肖岚早已结婚生子，丈夫长期在北京做生意，每个月都会有销售带着最新款的鞋子上门，戴着手套半跪着为她套上鞋子。钟紫冉知道自己跟这些销售其实没有本质上的区别，他们的工作是为别人穿上鞋子，而她则是教小孩把字母正确地填在空格里，或者把一团橡皮泥铺平，分成扇形，告诉小孩为什么1/2要比1/3大。她甚至庆幸，还有人肯为这些微不足道的本领买单。

洄游

二

过了收费站，陈明英对钟紫冉说，刚才那个收费亭里面的人，长得很像你爸那边的一个亲戚。钟紫冉坐在后排，因此，陈明英特地稍稍扭过一点头，车窗两边的景色里多了些沾着灰的冬青树，每一棵看起来都没什么区别。钟紫冉看着手机屏幕，没有抬头，只是说了句："是吗？"

钟立秋去世后，她们还是第一次回清溪，烧纸钱的味道仿佛还留在鼻尖处。葬礼的流程琐碎，烧纸钱的时候，自己只顾着往火盆里添纸，本家一个八岁的堂弟告诉她这样不行，他找来一根桂花树的树枝，拨起纸钱堆，空气的进入让闷在灰堆里的火活了过来，跳动着往上蹿。葬礼的种种在她的脑海中已经模糊了，只记得桂花树枝上的叶子被火烧焦了边缘，萎缩成小小的一团，还有火光照在堂弟脸上影影绰绰的样子，他现在应当已经进入青春期了，再见到他，她估计也认不出了。

姑姑当时搀扶着奶奶坐在一旁的沙发上，两人都在哭，哭声一高一低，像校乐团的小号手和鼓手，配合默契,高频的干号让奶奶的声音变得涩哑。下葬的时候钟紫冉抱着骨灰盒,亲戚们搀扶着奶奶站在不远处,她手里紧紧攥着一条毛巾,不时擦一擦眼泪,在即将落葬的时候,奶奶挣脱了亲戚,伏在骨灰盒上哭,她能感受到奶奶握住她的手腕,那种握是虚晃一枪的握,实际上奶奶并没有用力,奶奶手掌上的老茧,有蜡一般的触感,那种陌生的温热让她想快点结束葬礼。

出了高速公路后,路面变得有些不平,这一片原本属于巢湖市辖区,后来划给合肥市,变成了边缘地带。路边有很多太湖石,或立或卧,孔洞里堆积着被风吹来的灰粒,聚积着,终于到了肉眼可见的地步,假山石上挂着一块招牌,上面写着:"出售太湖石、灵璧石、龟纹石,刻墓碑,出租水晶棺,五百块钱哭两天。"几方墓碑倒在路旁,死者的姓名尚未刻完,只知道他出生于一九六〇年。陈明英突然说:"上次来这个假山也在这里,一切都没怎么变。"

上一次也是她开车带钟紫冉回来奔丧的,钟紫冉对她说,你可以不用送我回来。陈明英没同意,开车从巢湖到上海接她,她发现陈明英换了新车,之前那辆马自达开了好几年,是弟弟童子舒出生那年,继父童卫明买的二手车，皮质坐垫已经磨损了，钟紫冉只有在过年回巢湖时坐过几次。

陈明英和钟立秋是二〇〇六年离婚的，他们争吵的年头比这要久得多，钟紫冉曾经跟张斐打趣说，或许她的胎教就是在父母的争吵中完成的。离婚后，陈明英带着钟紫冉从清溪搬到了巢湖，其实路程只有一个多小时，但清溪是平原上的小镇，而巢湖多山丘，从清溪去往巢湖，市内道路多缓坡，因此钟紫冉时常有种错觉，觉得自己其实已经离清溪很远了，给钟立秋打电话时，她总是不自觉地想，要不要在号码前加上区号。她的学籍依旧在清溪，只能在巢湖的学校借读。当时她们是租房子住的，陈明英还没有找到合适的工作，去上学那段路要经过一个上坡，第一天上学，她骑的是一辆二手自行车，踩起来有点费力，陈明英给车子的链条上了机油，骑车上坡的时候，蹭了一裤脚的油。到学校后，钟紫冉躲进卫生间，用被稀释过的洗手液洗裤子。卫生间没有烘干机，她坐在隔间的马桶上，用纸巾绞着裤脚上的水，她知道机油并没有完全被洗掉。门外不时有人走过，小声抱怨怎么还有人。关于上学第一天的记忆，被永远定格在了这个小小的厕所隔间和湿了的裤脚上，标本一样被存放着。巢湖的冬天比清溪要冷得多，在地理课上，她看到本省的地形图，巢湖市区用不同颜色标明了高度，像一块彩虹蛋糕，而清溪就是这块蛋糕下白色瓷盘的一部分，光滑平整，很难想象它们之间的直线距离不过四十多公里，两地方言也很相像。在钟紫冉的印象里，她和陈明英是去了离清溪很远的地方。

陈明英打开收音机，换了几个频率，最终定在《港台金曲》栏目，她只会几句蹩脚的粤语，是二〇〇七年去广州学美发时学会的，"猪脚饭"大概是她讲得最好的粤语，又或者是"椰子鸡"之类。从广州回巢湖后，陈明英开了一家理发店，一个带着孩子的离婚女人，总要掌握一门吃饭的手艺。

陈明英去广州的那几个月里，钟紫冉一个人做饭吃，通常是煮面条。钟立秋来巢湖看过她，带她去下馆子，点了一个羊肉火锅，钟紫冉没怎么动筷子，钟立秋丝毫不介意羊膻味。钟紫冉觉得爸爸胖了点，他的手上戴着一串黑曜石手串，一块金貔貅夹在中间，他说要去新疆做生意，要去好几个月，要钟紫冉好好的。钟紫冉试探地问爸爸："这次是跟谁合伙？有风险就别去了。"

洄游

钟立秋把酒杯举起，酌一口，又放下说："大人之间的事，小孩子不要管……"他的声音变小了，又或许是醉了的原因，后半句是在牙缝间一个字一个字地蹦出来的："你妈她看不起我……"

新疆之行，钟紫冉再没听到后话。有天半夜，陈明英接到钟立秋的电话，是钟立秋从乌鲁木齐打来的，要陈明英借几百块钱给他买火车票。第二天，陈明英在饭桌上谈起这件事："你爸这个人，太容易相信别人，做生意哪能这样，亲兄弟都要明算账。一个十几年没见的朋友的话他也能信，这次回去后，估计他能消停一会儿。"她说这话时，筷子尖在半空中戳了一戳，钟紫冉觉得钟立秋那可怜的自尊被整个刺破了。

钟紫冉跟张斐谈过父母离婚的事，当时他们在吃自助火锅。她说，钟立秋有段时间也想在县城开一家火锅店，去合肥考察了一些加盟项目，陈明英觉得这些项目都是骗钱的，后来他们因为这件事离婚了。张斐将羊肉放进番茄锅中，钟紫冉没来得及阻止，张斐忘了她受不了羊肉的味道。几秒钟后羊肉煮熟了，他捞出来，蘸上芝麻酱说："或许你父母之间早已经有很多问题，开火锅店只是压垮骆驼的最后一根稻草。"钟紫冉从一旁的清水格中捞出一筷子豌豆苗:"但我妈妈是对的,那个加盟商后来跑路了,不仅加盟费打了水漂,整个供应链都出了问题,把店面顶出去后,还亏了三十万,我妈的积蓄也全被他搭进去了。如果他当时听我妈妈的话,从小点的店开起,就不会有这些事了。"张斐说:"你爸爸或许很想做成功一件事吧!"钟紫冉回道:"我爸这个人,干啥啥不成,又不愿安分守己地上班,对自己缺乏清醒的认知。他年轻时有机会留在派出所,可他嫌工资低,非要自己出来做生意,结果一事无成。"

陈明英在风险把控这一块做得好得多。理发店开张之初,为了节约成本,陈明英没有雇人,钟紫冉放学后要帮忙洗毛巾。她记得最初的那一批毛巾是紫色的,洗过后,紫色的水在下水道口打着旋。她听着下水道里的回声,不一会儿,那声音也消散了,她才把装着毛巾的篓子拖到二楼阳台上去晒。陈明英多半在给客人理发,一边剪头发一边聊着家常。有几个中年男人常来,喜欢陈明英给他们剃胡子,一待大半天,茶叶要换好几次。钟紫冉故意在洗毛巾时弄出点声响,提醒外面的男人她的不快,但是很少有人能留意到她的存在。

后来理发店生意好起来,陈明英终于雇了一个小姑娘当学徒，一年后，小姑娘就辞职了，嫁了个本地男人，请他们家喝喜酒，是钟紫冉跟妈妈一起去的。喜宴上，司仪问新郎："有什么要对新娘说的吗？"新郎是个矮个子的男人，有些微微的谢顶，酒店门口立着的结婚照是中式的，纱帽很好地掩盖了这个缺点。新郎脸上挂着笑说："老婆，辛苦了，接下来你负责貌美如花，我负责赚钱养家。"钟紫冉抬手夹扇贝粉丝，看见母亲专心地看着台上的互动，好像沉浸在婚礼现场俗套的浪漫中，她尝了一口已经有点冷的粉丝，一粒盐在口中化开，咸得发苦。后来陈明英都没有再雇人，那时钟紫冉已经升入高中，她不再愿意洗毛巾，于是陈明英终于从预算中拨出一笔钱，找专门的消毒公司上门收毛巾。

童卫明开始出现在理发店的时候，钟紫冉正读高三。童卫明一开始只是经常过来理发，后来只要他来，陈明英总是要钟紫冉从柜子里拿出新茶，其他的人喝的则是从超市批发的罐装茶。

后来童卫明走得越来越晚，他的痕迹也一点点出现在家里。起先是卫生间里多了把牙刷，早起后总是掀起来的马桶盖，接着是放学回来后，饭桌上多出的一瓶啤酒。陈明英提醒她，在家不要像以前一样只穿一件睡裙。钟紫冉和妈妈的房间隔了一个小的卫生间，半夜里她能听到童卫明小便的声音，她总是下床确认门锁有没有拧好，或者将台灯打开。

童卫明的到来也带来一些便捷，理发店的灯管不再一闪一闪，他给钟紫冉买来一辆小电动车，他自己的车则免费帮店里进货。这些小恩小惠陈明英在钟紫冉面前提过好多次，她在心里说，我又没阻止你们结婚，不用刻意说服我。事实上陈明英很快决定再婚，她和童卫明在本地的酒店里摆了十几桌酒，陈明英嘴上说二婚穿婚纱不太像样，可选来选去，最终还是穿了一件白色带蕾丝袖的长款连衣裙，依次给各桌敬酒。钟紫冉作为陈明英上一段婚姻的"产物"，没有坐在大堂，而是跟婚庆公司的工作人员一起坐在包间里。这是陈明英安排的，童卫明也没反对，补偿一样地给她买了块手表。钟紫冉倒没有特别介意，反正大堂里几乎都是童卫明那边的亲戚。

结婚后，童卫明顺理成章地住进了理发店，陈明英给客人理发时，他要么负责洗头，要么负责泡茶，后来也能给男人们理寸头，给女顾客们推荐发型，出去进货、送毛巾，客人们总说童卫明"肯吃苦，会来事"。

陈明英也不否认，她的脸上多了皱纹，同时也多了一点生气。钟紫冉明白了，陈明英从最开始想要的就是这样的生活。与钟立秋在一起的那几年是她人生的岔路，而自己则是她从岔路上带回来的一块路标，或许陈明英自己都不知道该把这块路标放在哪里，好在钟紫冉不久后就一口气考上了大学。

三

"你请了几天假？"陈明英将音乐的音量调小了点，林忆莲的声音被掐断了，从音响里挤出一小段呜咽的唱词，像开着电视机睡觉时，蒙眬中钻进耳朵的背景音。

"三天。"钟紫冉把手机放回包里，看向窗外，群山在秋天已经谢了一层绿，变成橙色和黄色交杂的一块块隆起。

"你那个工作……"陈明英顿了顿，把林忆莲换成了张国荣，接着说，"打算做到什么时候？"

钟紫冉听到广播里张国荣的声音差不多要被观众的掌声淹没，她等那"现场"重新安静下来后说："再说吧，最近就业环境不景气。"

陈明英沉默了一会儿，然后问："你要不要考考事业单位看看？"

"现在有哪份工作是可以干一辈子的？"钟紫冉说，"你那个年代，不也有下岗潮吗？"

陈明英降低了声音说道："说好听点是私人家教，不知道的，还以为你在当保姆。你小姨妈上次问起来，我都不知道该怎么跟她解释……"

"你就老实说嘛，世界上又不是只有老师这一种工作！"

"当时好不容易才拿到的公办学校的编制，说辞职就辞职，也不跟我说一声。"

钟紫冉从母亲的话中听出一种惋惜，这种惋惜其实不只关乎工作本身。在成长过程中，陈明英曾多次向钟紫冉传递出类似的情绪。邻居家的姐姐嫁给一个不成器的男人，结婚没两年又匆匆离婚，回来时带着一个孩子，陈明英说："两年不见，她脸上长了黄褐斑，抱着一件旧羽绒服去晒，见到我低声打招呼……"在这之前，是堂姐因为阑尾炎错过了事业单位考试，此后她考了六七次才进了税务局。"好歹最后总算进了，青春都白费在考试上，好像你们姓钟的在考试这一块都不行。"

而更为久远的,当数另一个姓钟的人了。

读小学的时候,钟立秋曾在派出所工作,那段时间他晚上经常不在家,陈明英总是开着电视机睡觉,声音调到最小。半夜醒来,钟紫冉看到妈妈穿着衣服靠在床上睡着了,手里攥着遥控器,屏幕上广告的画面忽明忽暗。钟紫冉一根根小心地拨开母亲的手指,拿出遥控器,当时本地卫视有午夜剧场,会播放韩国偶像剧,女生们第二天在学校讨论剧情,看过的人所骄傲的不只是对剧情的熟知,还有可以半夜看电视这件事。

然而不久后,钟紫冉就失去了这项特权,钟立秋离开了派出所,离开的理由没有告诉钟紫冉,不过同在一个饭桌上吃饭,有些事情总是能通过细碎的话语被披露出来,钟立秋没有通过转正考核,只拿临时工的工资是养不活一家人的。现在想来,当时饭桌上经常出现的青菜炒香菇和猪腿骨,多少也能让人窥见经济的窘迫。之前陈明英拿砍刀砍猪腿骨时是压住了抱怨的,因为砍刀是钟立秋晚上巡逻时没收来的,后来钟立秋离职的时候,还将它还了回去。尽管拥有它的时间并不长,钟紫冉依旧记得那把刀,比一般的菜刀要长上不少,刀尖微微向上翘起,刀柄是玳瑁色的,陈明英用它砍骨头时,因为使劲，小臂上的肌肉紧紧贴着桡骨。她感叹这把刀的锋利，切骨头时，断骨的边缘要比平时光滑不少，但钟紫冉那时没有仔细想，究竟在什么样的场合，钟立秋才会没收到这样一把刀，它显然不会出现在肉贩的摊位上。

那段时间陈明英整个人处于紧绷状态，有天晚饭时她夹着菜，拿到嘴边又放下，用筷子敲敲钟立秋的碗，对他说："你再问问你们所长。"钟立秋无动于衷，继续用筷子小心地从盘子里夹豆腐，陈明英跑到房间，拿出一个牛皮信封，从里面数出几张钞票，要钟立秋穿好衣服，去所长家求求情。钟立秋呷一口啤酒，并没有动，陈明英把钱扔在地上，他好一会儿才起身，一张一张捡起来，摊在桌子上，又坐下，慢悠悠地说："转正又怎么样，还不是只有那点钱。我找了朋友，过段时间一起下海。"

钟紫冉看到座位旁边的一块毯子，上面是史努比的图案，还有一只足球，这些是弟弟童子舒的。陈明英和童卫明前两年一直在给弟弟找学校，陈明英曾在电话里向她抱怨："也不知道现在的学校都教些什么，学费那么贵，我去参观了，中午吃的也就是蔬菜、牛肉和米饭，水果只有苹果和橘子。"钟紫冉问她为什么不去公立学校，陈明英说他们的房子不在好的学区，安徽高考竞争又那么激烈，还是要去私立学校试一试，将来至少要让弟弟考个211。

钟紫冉那时刚从公立学校辞职，打算和朋友黎芬开个辅导班，几乎拿出了她工作期间所有的积蓄，挂了电话后，她想了想，还是给陈明英转了几千块钱过去。黎芬给她发来视频，辅导中心的装修已经初步完成。视频里几个工人正在往墙上安装触摸屏，地毯上散落着钻头、电线和一些螺丝，背景音很杂，但黎芬的声音尚算清晰，她说桌椅明天能到，七七八八总算完工了。

钟紫冉知道接下来是最难的招生工作，她打开衣橱，从里面找出上班时穿的衬衣和西装裤，辞职以来，她穿的几乎都是T恤和牛仔裤。即使是工作的时候，她对着装也谈不上上心。语文教研组的组长是个年近五十的上海本地人，头发的长度从来没有超过耳朵，即使是疫情期间居家上网课，视频那边的她也永远穿着正装。这份工作是钟紫冉研究生毕业后的第一份工作，当时面试她的除了HR和另一个老师，还有教研组组长，不过教研组组长全程并没有发言，她坐在靠近门口，离大家有一段距离的地方，抱着胳膊，拿眼睛斜着看几个面试者，因为背着光，钟紫冉甚至都看不清她的脸，更不用说表情了。

面试是群面，钟紫冉发现，除了自己穿着衬衫和牛仔裤外，其他三个候选人穿的都是一身黑色正装，坐得笔直，腰杆离椅背四五厘米。面试官询问了大家的高考语文成绩，其他三位依次说出，甚至能补充自己某次模拟考试的作文得分。钟紫冉记不清了，只说了一个区间范围，她瞥到面试官眉头微微一蹙。原本以为面试没有希望，结果一个礼拜后接到HR电话，通知她面试通过，HR没有忘记补一句："排在你前面的那一位有别的offer（要约），所以我们决定把这个机会留给你。"

四

到清溪是下午三点多，陈明英将车开到街道上，找了一家宾馆住下。她脱下外套的时候，静电带来一阵毕毕剥剥的声响，宾馆临街，房间在三楼，钟紫冉靠窗俯视，街道上的香樟树落了果，被踩碎了，在地上留下黑色的印记。陈明英脱下鞋子,换上一次性拖鞋,电话铃响起,她跟那边的弟弟说:"有没有乖乖吃饭?妈妈过两天就回去。"

钟紫冉的目光落到街道尽头,清溪的街道都是直的,建筑在两边整齐排列,没有什么旁逸斜出,在远处,商铺的招牌连成一片,尽头是一个购物广场,射灯来回游动。钟立秋查出癌症后,给她发了消息,没说什么事情,只是问她什么时候回来看看,那时刚好中秋连着国庆,有七天假期,她于是回到清溪。当时坐的大巴,下车后,钟立秋站在车站门口等她,地上也是落满了香樟树果,踩起来咯吱咯吱响,钟立秋接过她的行李箱说,找家店坐下来吃点东西吧,清溪新开了很多店。钟紫冉在路上发现了不少连锁奶茶店的踪影,不远处是一个工地,钟立秋说,明年你要是回家,这家商场应该要开业了。她当时问过钟立秋,明年有什么打算,钟立秋说,先混着。她记得自己当时很生气,无法容忍爸爸这种混日子的心态,在本该陪伴他的那几天,她宁愿躲在奶茶店看书,也不愿待在家里。一直到钟紫冉走的那天,钟立秋也没有告诉她自己患癌的事。在他去世前不久,钟紫冉才接到姑姑的电话,要她回来一趟,当时钟立秋躺在医院的病床上,大口吐着血,她才知道钟立秋患了肝癌。

牛肉汤店里人不多,陈明英用湿纸巾擦了擦桌子,她对钟紫冉说:"你那份工作,要是能交社保就好了,我是担心你在上海一年年蹉跎下去。"陈明英用筷子挑起一撮粉丝,吸溜进嘴里:"年轻的时候你可能不觉得有什么,三十岁一过,日子就像飞一样,到那个时候还什么都没有,再转行就难了,没有公司愿意给你机会。"

"我知道了。"事实上钟紫冉跟肖岚提过社保的事,她名下有好几家公司,挂靠应该不难,但是肖岚搬出疫情这件事,直言疫情以来,她老公的公司都黄了三家了,实在不能再多承担一个人力成本,钟紫冉也不好再强求。

"可是,你不也是三十多岁才稳定下来的吗?"钟紫冉问陈明英,牛肉汤的热气在她们面前翻滚。

"所以我知道有多难。"

"我知道的,等攒够留学的钱,我就走。"钟紫冉把这句话说出来,实际上有种怨怼的意思。

洄游

"留学？"陈明英放下筷子，问她，"你有留学的打算？"

"嗯，我想先把钱攒够。"

"留学回来，有什么用吗？"

"至少能多些选择，再不济，也能拿到应届生身份。"

"有心仪的学校吗？"

"还没有，在考虑方向。"

"大概需要多少钱……"

"一年三十万左右。"

陈明英没有继续这个话题，钟紫冉觉得她被这个数字噎住了。吃完饭她们沿着步行街走动，陈明英在一家店里短暂停留了一会儿，试了一条羊绒披肩，看到价格后还是放下了，她对钟紫冉说："清溪的物价怎么也变得这么高，一条披肩居然要六百多。"

陈明英对钱的敏感度远远超过钟紫冉和钟立秋，她一个人把理发店做起来，当中吃了不少苦头，而这些苦，钟紫冉是在自己开辅导班后才深刻体会到的。

她与黎芬合办的辅导机构去年关了门，除去成本，每人最终只分到了几万块的盈利。那之前招生工作一直不是很顺利，在大街上发传单，平台上做促销这些手段都做了，生源依旧不见起色。黎芬说："要不你给过去教过的学生家长发微信问候一下。"钟紫冉头皮发紧，想了很久，还是编了一些客套话群发过去，家长们也积极地回复了，然而真的到场试听的少之又少，有个家长好心提醒她："钟老师，'双减'出来后，大家都三五个人组团去提分快的名师家里补习了！"

她们想过转成晚托班，但当钟紫冉沿着街道走过去之后，发现晚托班的数量要远远超过自己的想象，有店头的自然不必说，在居民区里面，没有任何牌子的地方居然也可能藏着三四十个孩子。黎芬的爸爸当时心脏查出一点问题，要来上海看病，她于是提出了歇业，想把店面转让出去，拿笔钱带爸爸去做心脏手术。

那段时间钟紫冉一直窝在出租屋里刷招聘网站，张斐给她发消息，她半天才回一句。张斐那时论文压力大，但还是隔三岔五就从闵行跑来看她，从闵行到浦东要坐将近一个小时的地铁，但他每次来还是半路下车，去一家超市买两兜菜和水果带给她，因为那家要比钟紫冉住处附近的超市便宜不少。为了省钱，钟紫冉当时租住在破旧的公房里，没有客厅，只有一条狭窄的过

洄游　　135

道，兼具厨房，房间里的家具都是房东留下的老家具，老到就算有人告诉她这间房曾经死过人她也绝对不会怀疑。

钟紫冉问张斐："这一步是不是走得不对？钱没有赚到，稳定的工作丢了，折腾一大圈，还住在这个出租房里。"张斐在菜板上一边用刀尖把牛肉的筋膜去掉一边说："你做得不开心，辞了就辞了。"钟紫冉有些生气，张斐总是一副"随遇而安"的态度，不会去主动争取什么。"我不知道该怎么跟我妈解释我现在的生活。""你自己觉得好就行，不一定要对别人解释什么。"张斐将牛肉下锅后，又开始清洗蔬菜。钟紫冉握着遥控器，一个台换到另一个台，综艺节目里一个穿着中山装，戴着眼镜的学者在给台下的观众讲解一首古诗，从诗的格律到某一句的含义，她无法想象张斐站在台上的样子。她跟张斐参加过一次读书会，在开始之前，张斐就对她说："你信不信，待会一定会有人抱着炫耀的态度去提问一些他自己早已经知道答案的问题。"更不要说去参加酒局，张斐说自己看不惯一些学长总是要女生给老师倒酒或者热茶，钟紫冉说："或许有些人并不排斥给做这些事呢？"张斐很认真地回答："可是，如果有人真的不喜欢给人端茶倒水呢?"

在公立学校工作的时候,她从来没有跟别人提过自己正处在一段恋爱关系中。她如实地跟张斐说,不知道该怎么跟别人解释这件事,好像解释了就要对结果负责。就像陈明英怀孕时那样,一定要等到胎儿稳定了,才对外宣布。钟紫冉当时听到后也吓一跳,她想问妈妈,四十多岁的人了,再怀孕不是找罪受吗?可是妈妈却发了一张胎儿的四维彩超给她,她立刻明白了,这不是一件要与她商议的事。

但即使不提,办公室的八卦也未停止过。有一天她穿了一条长度未过膝盖的裙子,立刻有老师问:"钟老师下班要去约会呀?"同事们的眼睛好像计价器,能透过诸如衣服、首饰、手表之类的东西精准判断一个人的状况,这些状况又会转变成婚恋市场上的数据,等着与另一组数据匹配。她只好笑笑说:"没有啦,今天换换风格。"教研组组长在一旁慢悠悠地说:"小钟也到了谈朋友的年纪了,年轻人不要心太高,以你的情况,找个条件不那么好的本地人还是可以的。现在上海的房子,本地人都不大买得起了。"钟紫冉那时在心里说:"我又没说一定要结婚,自己赚钱买房不可以吗?"实际上连她自己也知道，这些话就像是小时候搜肠刮肚想出来的蹩脚作文一样，不过是为了不让作文纸空着那么难看。

五

姑姑给她们开了老宅的门，因为常年没有人住，水杉的落叶铺满了院子，紫薇花树也已经枯萎了，黑黢黢的枝干还挺在花坛里。姑姑说："下个月就要拆了，你们拣些要紧的东西带走，带不走的大件，可以让回收旧家电的人上门。"

门廊上的红灯笼和门上的对联都已经褪色了，不知来自哪一年的春节。陈明英推开门，钟立秋的遗照挂在墙上，照片是从某年他在北京旅游时拍的照片上裁下来放大的，当时他大概才三十出头，脸上带着微笑，遗照的一侧能看到一点柳树的树叶。钟紫冉记得那张照片是在颐和园拍的，垂柳很多。那年他去东北谈一笔生意，路经北京，突发奇想下了火车，他告诉钟紫冉，他在雍和宫烧了香，保佑他发一笔财。那几年他做了很多类似的事情，譬如每个星期五都去同一家彩票店买同一串数字，不吃绿叶蔬菜，把大大小小的水晶摆件放在家里各个角落。

陈明英没有说话，钟紫冉走进老房子，光线一下子暗了下来，她用了好几秒去适应。屋内的陈设一如任何一个家庭应有的样子，奇怪的是明明已经很久没有人居住了，却没有那么多的灰，只有阳光照进来的那一块地方，滚动着一些微尘，好像钟立秋一直在这里静静等待她回来一样。

"从前你爸老念叨着拆迁，现在真的拆了，他倒不在了。"姑姑对着爸爸的遗像说道，"冉冉，房子拆了，别的都好说，只是这个遗像，按理说你要领回去。"

陈明英依旧没有说话，按照清溪的习俗，落叶归根，现在这个"根"要被挖土机拔起，钟立秋的照片就成了他存在过的唯一证明。钟紫冉知道姑姑的话有理有据，她看向陈明英，发现陈明英抱着手，仿佛一切与她无关。钟紫冉于是对姑姑说："知道了。"

她难以想象在肖岚家的那个房间里，她要如何隐藏一张遗像。房间只有七八个平方米，在开发商的图纸中，这里应该只是一间储物室，一张上下铺的床占据了大半空间。她和一个叫琳达的用人共用这间房间，说是用人，琳达其实不用干活，只负责教埃里克英语口语。

洄游　139

琳达跟钟紫冉说过自己家乡的名字，但她总是记不住，在地图上非洲某处，面积很小，不仔细找根本发现不了。而她护照上的名字也不叫琳达，因为肖岚觉得她的名字过于拗口，所以给她取了这个名字。她的床垫下塞着几张和家人的照片，她会指给钟紫冉看自己的小女儿，一个扎着很多小辫子的女孩，年纪和埃里克差不多。她告诉钟紫冉，自己的女儿读书成绩很好，将来一定可以上大学，她在这里要替她攒够学费："我不想让她一上大学就贷一大笔款，如果可以，我想让她去英国读书，将来留在那里，这是我们那里的人最好的出路了。"

衣橱缩在房间的一角，她和琳达的衣服堆满了，当初规定好一人一半，结果琳达的外套和裤子总是越界出现在属于她的一边，琳达习惯用一种叫不上名字的香水，气味浓烈，于是钟紫冉的衣服上也时不时地出现那个味道。或许只能把钟立秋的遗像塞到行李箱中，但那与遗像本身的意义就背道而驰了。

她期待陈明英能说些什么，譬如"紫冉还在工作，没有自己的家，遗像我暂时保管"。然而她什么也没说，只是按照姑姑的指示上了二楼，查看那里的杂物中有没有什么需要留下来的。在陈明英上楼梯的时候，姑姑拉了拉钟紫冉的袖子，示意她先不要上去，姑姑凑在她耳边小声说："你把你的银行卡号留下，拆迁的钱，别让你妈拿走。"钟紫冉觉得自己的耳朵被这句话烫得红红的，姑姑言语间的防备，将妈妈和她分得清清楚楚，因为她带着"钟"这姓氏，所以只有她有权处理爸爸的遗物，一瞬间她觉得陈明英或许早已洞悉这些，才会一直保持沉默。

将装有杂物的几只箱子搬了下来，她拜托姑姑将电视机、冰箱、沙发等带不走的大件卖掉，箱子里的杂物暂时寄放在姑姑家。原本以为处理掉旧家的一切，会需要很长一段时间，但事实上不到一天时间，一切就都交代清楚了，姑姑一桩一件地将每件物品的归属落到了实处。

陈明英全程很少说话，或许她把自己完全放到了外人的位置。

"这个是你爸爸的高中毕业照。那时候你爸爸十八岁，我有三十多年没看到这张照片了。"姑姑从纸箱中翻出一本相册，指给钟紫冉看，年代久远，她差点没找到钟立秋的身影，他站在最后一排边角的位置，很瘦，钟紫冉的记忆中爸爸从来没有那么瘦过，也从没有这么年轻过。

姑姑说："你爸爸以前读书成绩很好的，高中几年家里出了点事，你爷爷走了，他书也没读好，去水泥厂帮工挣点钱，跟他同届的这几个，有的在省立医院做到了麻醉科主任，有的在重点中学做老师，他们进高中的时候，成绩都没你爸爸好，我知道他一直不服气……"

陈明英看着照片里的钟立秋，对钟紫冉说："你爸性子太倔，不听人劝，当时我说走走关系，没准能转成正式的民警，他偏不肯。"

"哪那么容易呀，嫂子，你又不是不知道那个名额最后给了所长的侄子。"姑姑低着头擦拭着相片上的灰。钟紫冉出生时，钟立秋已经是成年人了，但姑姑见证了爸爸的青少年时代，仿佛她站在了河的源头，看到过最清澈的水源，而河水流到钟紫冉这里，已经夹杂了太多的泥沙和杂质。

姑姑把钟立秋的遗像用瓦楞纸包装好，递给钟紫冉，她说："冉冉，以后你在哪，你爸就在哪了，清溪你很难再回来了，但要是回来，就来找姑姑和奶奶！"

六

出了清溪，车子上了一条国道的辅路，道路两旁的冬青树上依旧沾着灰尘。陈明英忽然对钟紫冉说："如果你坚持要留学的话，这次拆迁的费用先不要动，以后留着应急。我跟你童叔添一点，应该够你出去的，不过这笔钱，将来你可能要还我们，毕竟，你弟弟还小……"

钟紫冉没有说话。陈明英又说："你要想好了，留学不是逃避工作的借口，就像你爸，一直拿做生意当幌子，梦想有天发大财，你要好好想想，是抓紧时间找个稳定的工作，然后结婚生子，完成人生大事，还是去留学。但是，有想法总比混日子好！"

是什么时候自己成了母亲眼里混日子的人呢？钟紫冉想，或许一切早有端倪，大学期间，她很少回家，除非是春节期间任务似的团聚。陈明英和童卫明会在饭桌上提起一些亲戚，有正面例子，当然也有反面例子，当时钟紫冉并没有放在心上，最后拿到教师编制，陈明英才透露，自己这几年一直去九华山烧香，总算有点用。

洄游

钟紫冉说:"我会好好考虑的,也不是一定要去留学,在国内升学也行。"

张斐给她传来微信,是一张院子的照片,他自己用买来的材料做了一个简易的花坛,种了一株茶花,旁边点缀着几株五彩苏。她对张斐说了钟立秋的遗像的事,张斐回了一句:"叔叔的遗像可以先放我这里。"

算下来,她和张斐在一起已经快八年了。那时童子舒出生没多久,新房还没交付,在视频聊天中,钟紫冉看到理发店里原本属于自己的房间堆满了纸尿裤、奶粉等,陈明英说:"姐姐你回来的话,要打地铺凑合一下哦。"钟紫冉于是说:"我寒假找了个实习。""什么公司?过年都不放假吗?"钟紫冉说:"一来一去两天时间就没了,夏天我再回去。"

那一年除夕,在学校组织的年夜饭上,钟紫冉第一次见到当时已经在读研究生的张斐。他们被分到同一个小组包饺子,钟紫冉和张斐都不太会包,同组来自北方的同学双手一握,一枚弯弯的饺子就现了形,后来张斐被派去和馅,钟紫冉负责切蔬菜,张斐问:"为什么北方人一有节日就吃饺子?"钟紫冉摇摇头,张斐一本正经地说:"或许这是一个很好的研究方向。"当时他们没有交换联系方式，开学后在一门研究生选修课上，去蹭课的钟紫冉再次见到了张斐，于是也知道了张斐是人类学专业的学生。接下来的事仿佛顺理成章一般，他们在两三次约会后觉得彼此之间相处得不错，张斐说："不如我们把这种关系当作契约来履行，如果任意一方觉得不舒服，可以叫停。"当时他们拟定了一个协议，签上了自己的名字，第二年他们都不记得把那张纸放在哪里了，也懒得再去找。

反正都是在人群中毫不起眼的人，这样的两个人在角落里，做些旁人无法理解的事情也不会被关注，现在想来，或许正是这个原因，他们才能在一起这么久。

风吹进车子里，陈明英又说："拆迁后，你在清溪就真的没有家了。"钟紫冉看向车窗外，秋季的平原上伏着黄色的野草，田地里是稻谷收割后的稻茬，间隔着黑色的火烧的痕迹，几缕烟灰如线般在空中飘荡。她知道再过不久，地表会出现隆起，田野之间也会出现山峦，车子会经过一个上坡，然后驶向高速公路，在一个又一个岔路口上选择她们要走的路。

夜幕降下来，车子在夜色中前行，她们看不到周围

洄游　　145

的景象,只能盯着车前灯能照到的一小块地方,将过去抛在身后。

鸟　居

有别于装修时尖锐的金属切割声，楼上传来的声音并不大，也没有节奏，像被捆住双腿的鸡扇动翅膀拂过水泥地时发出的声响，又像是猫弄出的动静。芮雪小时候，家里养过一只白猫，它总是淘气地在地板上追逐光线，爪子摩擦地板的声音她再熟悉不过。

那声音前段时间就已经出现，但她当时没有放在心上。她每天早晨七点起床，晚上九点以后，有时甚至要到凌晨才能回家，即便有声音，耳朵也能自动将它屏蔽。工作时长取决于方案的进展，这是老板决定的。老板率先在办公室架起了折叠床，把牙刷和杯子放在办公室的桌子上，但他有时下午才会在公司出现。芮雪通过朋友圈的照片了解到，他家其实就在离公司不远的小南门一带。安居客上显示那是一个二〇一四年新建的小区，小高层，一梯一户，一平方米均价十五万左右，某些角度还能看到陆家嘴的建筑，最关键的一点是，根据导航显示，从他家步行到公司大概只需要二十分钟。

与老板不同，芮雪每天要坐十二站地铁，中间在世纪大道站换乘。好多次她乘坐自动扶梯下行到列车站台，看到下面黑压压的一片人头，她就想到小时候在《动物世界》里看到的企鹅，在南极的凛冽寒风中彼此靠近，企鹅挤在一起是为了维持体温，而人默默忍受这一切是为了什么？

毕业后她来不及细细思考，考公考编皆失败，投简历给上海的一家商业地产设计公司，就这么成了一名文案工人。一开始住在亲戚家，后来与朋友合租，合租的第二年，朋友回老家结婚了。房间空出来不久后，住进来一对情侣，男的经常在卫生间抽烟，烟蒂把塑料垃圾桶烫出一个大洞，用完厨房后他们从不收拾，洗完的衣服常常在洗衣机放一两天，拿出来时已经干成一坨，如此种种。直到有一天，芮雪在客厅的垃圾桶里看到刚换下的卫生巾，她忍无可忍，决定搬出去。

春溪园承载着她对独居的想象，她来自一个多子的家庭，是三个孩子中的老二。父母皆是农村出来的，二十一世纪初房地产业在老家小城兴起，她爸爸在亲戚的捞沙船上工作，没两年摸透门路，自立门户，在县城买了房。三室一厅的房子，她与姐姐住一个房间，姐姐读大学后，她短暂地拥有过那个房间。房间在三楼，朝北，只在傍晚才能有一两个小时的日照，妈妈节省，没安装空调，冬天冷，夏天热，或许因为如此，姐姐上大学后就很少回来。一个人住后她能完整地霸占那张书桌写作业，站在窗边，能看到楼下栾树发黄的顶，偶尔有鸽群飞过，留下哨声回荡的天空，她觉得只有这些琐碎的记忆才是独属于她的东西。

她去了临近的二线城市读大学，大一寒假回来，发现奶奶住进了她的房间，爸妈甚至都没有跟她说过这件事。十二月初，农村地上结了霜，奶奶早上起床去菜地挖白菜时摔了一跤，自此就长卧病榻，接她过来养病是为人子女应尽的本分。她回家那天，奶奶给了她一盒龙须酥，应该是哪年亲戚拎来拜年的，早已过期，拆开后袋子里全是粉。奶奶对她招手说："小雪，你小时候最爱吃的龙须酥。"

小时候父母为了生弟弟，把她放在乡下奶奶那里抚养，十一岁才接回来。叔叔家的堂弟从小也在奶奶身边长大，但跟她不同，堂弟父母在外打工，奶奶舍不得他跟着吃苦,把好东西都留给孙子。龙须酥算不上什么好东西,但小时候芮雪期盼过,虽然始终未曾吃到。芮雪并不想再计较这些,奶奶睡床,她打地铺,半夜她给奶奶拿尿盆,把盆伸进被子里,热气夹杂着尿臊味扑面而来,她再披上衣服去厕所倒掉发黄的尿液。家里没买烘干机,湿掉的床单和衬裤要放到暖气片上烤,房间里弥漫着散不去的尿臊味以及老人的体味。过完正月初三,她就谎称有实习,匆匆回学校了,好在妈妈也没多问,她正筹划着弟弟读私立中学的事。

春溪园是二十世纪九十年代初建的老公房,中介发来的图片中,房间是新装修的样子,然而经过几手后,到芮雪这里,墙壁已经因为渗水而发黄了,窗外的空调外机上有几盆枯了的植物,看不出曾经是什么。说是一室户,其实是一个大房子隔出来的小套间,原本的三室一厅被二房东硬生生隔出了五套大小不一的房子。芮雪那套在最里间,厨房和卫生间紧挨着,整个套间加起来不过十几平方米,月租三千。为了快点摆脱那对情侣,芮雪匆匆签了合同搬了进来。

连续加班一个月,做完一个商业地产项目的改造方案,芮雪被老板叫进办公室。裁员的消息已经传了一个多月，这个项目是近三个月来公司接到的唯一的活儿，老板在开会的时候透露，大家要学会灵活工作，自己主动出去找资源，接项目。同事之间心照不宣，只在下班的时候顺路讲一讲公司的事，芮雪知道好几个同事都在面试其他公司，或者准备回老家。"你也要做点准备。"在地铁上，一个同事这样对芮雪说。她刚想回点什么，地铁的门打开，汹涌而进的人群将他们冲散到不同的地方。果然，结项后，老板就跟她说了裁员的事，其实被叫进去的那一刻芮雪就知道会发生什么。自己未婚未育，比上有老、下有小，还有房贷的同事压力小点，相应地，开除起来也更容易。老板先是肯定了她的工作能力，然后才说公司的困难，最后还期待了一番未来的合作和她的远大前程。中间有段时间芮雪盯着老板桌子上的那支牙刷，刷毛坚挺，牙膏的筒身也饱满如新，只有中间部位轻微凹陷。老板没有给她时间思考，只是说现在离开还有"N＋1"拿，芮雪连客套话也没说，直接在离职通知书上签了字。

离职后，芮雪在网上划着招聘信息，投出去的简历大多石沉大海。她没有跟父母说这件事，她能预料到母亲听到这个消息的反应，无非是说一些让她回来安心准备考公考编的话，顺便帮她搭把手照顾奶奶——这几年奶奶瘫在床，身体状况一天比一天差，母亲一个人照料起来实在吃力。她觉得有一个看不见的旋涡在拼命将她往回拉，拉回那个充满尿臊味的房间，她不讨厌奶奶，也不怨恨任何人，她只是本能地想要挣扎一下。

一个人在家，早上起床去卫生间，她听到什么东西刮擦着她头顶的一方空间。她用拖把杆往天花板上捣了两下，声音停止了，但不一会儿又出现了。芮雪蹲在马桶上，一些可怕的猜想在她脑中游荡。她在社会新闻上看到过不少虐待动物的案例，那声音让她想起奶奶家的白猫。那白猫说不上是宠物，多数时候，它都是独自蹲坐在廊下，吃的也不过是剩菜，出于小孩子的善心，她偶尔会从餐桌上拿一些肉给它吃。后来回到父母身边，她总觉得房子里少了什么，看到地板上的光线，她才想起来，是猫。后来，爷爷去世，她跟着父母回乡吊唁。堂屋被布置成灵堂，幔布从房顶上垂下来，白森森的，将死人的世界与生人的世界隔开。她被分配去看长明灯，不叫它被风吹灭，窗户都关着，屋内无风，因而这实在是个无聊的任务。她倒想看看那灯灭，祭拜时偶尔带起一点儿风,灯芯晃了几晃,旋即恢复如初。母亲与久未见面的亲戚们寒暄,笑嘻嘻地说自己要抓壮丁,几个姑嫂一边戏谑地说着不情愿的话,一边跟着进厨房,各自领着一篮筐菜出来,洗的洗,择的择,嘴里家长里短的话竟丝毫没让动作慌乱,想来这些事已经形成肌肉记忆了。父亲在屋外陪男客们打扑克牌,烧香烟,有骂出烂牌的,也有笑着说运气好的,不时一阵哄笑。

芮雪没有看到猫,吃饭的时候她问母亲:"那只猫呢?"母亲忙着把一只鸡从汤锅里捞出,撕成碎块,三婶面前排开三四个碟子,她往每个碟子里铺装饰用的香菜。

"什么猫?"母亲问。

"那只白猫。"

"不晓得,看好灯。"

"那只猫呀,死了。"三婶说。

"死了?"

"对,吃了人家药死的老鼠,就死在厨房里。"

三婶努了努嘴,说:"还好发现得早,不然烂在这里。"

妈妈把撕碎的鸡肉放到三婶摆好的碟子里,盖上刹

鸟居　　155

好的蒜泥，热气扑上来。在阳光下，她的脸上仿佛起了雾。

芮雪蹲在地上，找到了猫死前留下的痕迹——白墙上有凌乱的爪痕。

爷爷的葬礼结束后，他们乘车回家，奶奶一个人靠在门上目送他们离开，那个时候堂弟早已回到自己的父母身边，她回头，看到奶奶的身影越来越小，直到成为一个模糊的小点。

芮雪披上羽绒服，头发也没梳。走出房门，是一个窄窄的过道，原本这里是客厅，被木板分割成房间，那些木板被刷上白色乳胶漆，看起来像墙，叩起来还是木头的声音。即使二房东在入户门后贴了"入住守则"，告知不允许堆放杂物，走道还是被鞋架、快递盒之类的东西占据，像渐渐堵塞的血管。芮雪出去的时候，看到隔壁住户的房门依旧紧闭，门把手上挂着一袋外卖，热敏纸制的外卖单上的字迹遇热泛黑，包装袋上画着卡通猪，手捧一碗冒着热气的猪脚饭，是芮雪常点的"阿甘猪脚饭"。说不上好吃，但胜在价格不贵，有肉有菜有米饭，为了避免长胖，她总是只吃三分之一的米饭，却还是不可避免地在上班后增重了五公斤。母亲有时会在电话中问她吃了些什么，例行公事般嘱咐她不要吃外卖，芮雪嘴上答应着，潦草应付着母亲的关心。"地沟油""僵尸肉""预制菜"等词语每隔一段时间就挂在热搜上，但工作到深夜的生活中，买菜做饭会侵占掉仅剩的休息时间，食物健康与否已经不重要了，芮雪觉得进食变成了一种为了维持生命所必须进行的流程，混合着发票、报价单等，一起成为这个城市运作的流程，妈妈的关心似乎也是某种亲情流程。

离职后她也想自己做饭，甚至买了一套珐琅铸铁炊具，泛着釉光的红色在灶台上显得很突兀。她发现如果要配得上这套炊具，她就需要一个宽敞明亮的厨房，现在这间厨房——或许都不能用"间"来形容——只不过在入户的地方辟了一个空间，如果厨房变大，那么房子也要相应地变大，最好能够带一个花园或者露台，一个人住起来会孤单，结婚这件事也必须认真考虑起来。锅子像一个欲望的开关，一旦启动，围绕着它的世界便需要做出改变，沸汤一样的欲望潜出来，吓得她赶紧盖上锅盖——她目前显然无法为这些改变买单。除了偶尔被拿来煮饺子一类的速食，锅子大多数时候被搁置在厨

鸟居　157

柜里。

　　隔壁的男人，她之前见过几面，大多在早上上班的时候，是个高个子的男人，总爱戴着鸭舌帽，背一只黑色双肩包。芮雪没有看清过他的长相，出租屋里的每一个人仿佛都面容模糊，除了上下班时的关门声，走道上轻易不会有其他的声响，明明墙壁的隔音效果都很差，但咳嗽声、争吵声和炒菜声都很少有，好像这只是一个用来睡觉的地方。不过，前两个星期开始，隔着一堵墙，白天芮雪也能听到男人打游戏的声音。夏天休年假回家的时候，她蜗居在和奶奶共享的房间，隔壁是正在上大二的弟弟。上了大学后，弟弟报复性地任凭自己沉迷在游戏的世界里，有时声音太大，躺在床上的奶奶会艰难地问："是要打仗了吗？"倒下的那一刻开始，奶奶就仅存在于这个房间，时间在她的世界里已经不存在了，今天和昨天、前天没有任何区别。芮雪告诉奶奶，真的要打仗了。奶奶把眼睛瞥向天花板，花白的头发将她的脑袋围在中间，她的声音慢悠悠、闷闷地，从床上传来："你们逃命去吧。""奶奶你呢？""我老了！"

　　虽然共住一套房子，但每个人都活在自己的世界里，看不见的东西将彼此区隔开来。回到上海后，这样的世界被一堵堵墙分割出来。听到隔壁的游戏声，芮雪不禁猜测，对方玩的到底是哪一款游戏，不过，还没等她猜出来，隔壁又恢复了沉寂。

阿甘猪脚饭挂在门上很久没取，男人应该外出了，也许是去面试工作了也说不定。芮雪想起自己投出去的那几十封简历，或许已被对方归为垃圾邮件了吧。

不过，眼下她最关心的还是天花板上的声音来源，上楼敲门前，芮雪在心里想了一番说辞，是应该先问："请问您家有养猫吗？"还是应该说："对不起，我家的天花板上有声音，请问您家有听到吗？"不管哪一种，似乎都有点冒犯，假如真的是虐猫狂，他会长着一张猥琐的脸吗？敲了好一会儿门，无人应答。门上贴着好几张开锁、办证小广告，芮雪在这些牛皮癣一样的广告单中看到一张费用催缴单，落款是二〇〇二年七月。因为是用透明胶粘上去的，此刻已经被风吹得整个儿翻了过来。半年多过去，应当是没人住了，芮雪想不出有什么理由一套房子会空置这么久，不过，声音的来源想必不是这里，除非一只猫能在无水无粮的环境中生存那么久。

回去的时候，她看到隔壁房间门把手上的阿甘猪脚

鸟居　　159

饭已经不见了。

虽然已经确认声音不是楼上造成的,但它并没有消失。天花板上的声音一天比一天放肆,一开始,芮雪用拖把捣一捣,还能消停几分钟,到后来,好像知晓她不会采取进一步行动,声音至多象征性地消失几秒钟。不过芮雪并没有真的生气,起码这能证明,声音的制造者体力充沛,没有被困在天花板上。她给管家发微信,想拜托对方来看看这里的情况,消息旁却出现了一个红色的感叹号——她被对方删除了。住进来以后,这是她第二次找管家,第一次是由于浴室水压低,花洒出的水淅淅沥沥,管家上门换了一个增压花洒,水也不过是变成了稍微集中点的细流。管家慢悠悠地说:"小姑娘,五楼是这个样子的啦,住这里就不要太讲究,太讲究没办法住。"他的口音听起来与芮雪老家的方言接近,想必也是来自苏皖一带。说完他让芮雪在租房系统里点击"完成报修"。这个管家想必也离职了吧,芮雪打开租房系统,打算填写报修申请。天花板上出现了几声鸟鸣,虽然声音很弱,但她确定那是属于鸟类的声音。儿时在乡下,常见到燕子、斑鸠、乌鸦、野鸽之类的鸟,春天燕雏孵出来时，人在堂屋吃饭，巢中的燕雏也吃虫子，人和鸟共居一屋，没有任何不适，燕雏长大后，燕子家族会在某一天突然消失。鸟类不懂得人类的礼仪，不会在离开前打声招呼，迁徙对它们来说只是刻在基因里的任务，而离别的伤感则留给了年幼的芮雪。明明前一天放学回来，燕雏还在堂前叽叽喳喳，第二天，堂屋里却只剩下座钟准点敲打的咚咚声，如果奶奶正在菜园里浇水施肥，堂弟和小伙伴们在村口空地上玩打仗的游戏，那么整幢房子就突然变空了，咚咚的回音敲打着墙壁，也在她的心口一声声凿击，似乎要凿出一个洞，她那时还太小，不知道这种感觉实际上来自无所依靠的处境。

是燕子吗？芮雪心里想着，越发想要弄清楚状况。卫生间的窗户外安着一扇纱窗，芮雪想要打开它，却发现被焊得死死的。好在她的房间在走廊最里面，往外就是大楼的墙壁，推不开窗户，可以下楼查看。

再次出门，隔壁的男人正拎着一袋垃圾打算下楼，脚上趿着一双拖鞋，额前的头发翘起来一块，看到芮雪后，他停下来，用手抹了抹头发，让她先走。芮雪下楼，绕到卫生间那侧的方位，细细观察。果然是鸟！具体是什么鸟，她看不清，但每隔一段时间，就有鸟进出。这个方位原本预留了一个洞，作为厨房排气管道的出口，经过二房东的改造，厨房被一分为二，靠墙的这一侧被改造成卫生间，管道经由卫生间的天花板，将油烟排到外面。那两只鸟应当是从这个洞飞到排气管道里的。或许是因为她不常做饭，鸟觉得这是处安全的居所，在里面住了下来，直到雏鸟被孵化出来，发出鸣叫，芮雪才得以知道她的"租客"到底是谁。

知道"始作俑者"后，芮雪心里倒放松了，好像在黑夜中被什么东西绊了一下，走到亮处，发现自己并没有受伤。妈妈给她打来电话，声音呜咽，开口就是"日子过不下去了"，芮雪听着，电话那头母亲一件件细数着：奶奶瘫痪在床要她"把屎把尿"；弟弟挂了好几门必修课，辅导员打电话跟她说，再这么下去毕业都成问题；爸爸在外的投资血本无归……电话那头母亲的声音跟窗外的吆喝声混在一起，并不真切。恍惚间芮雪回到了她刚被接回自己家的那段时间，一家人坐在沙发上看电视，遥控器总是掌握在弟弟手里，他要看奥特曼，一边看一边模仿奥特曼的动作，对着空气中不存在的怪物出拳，嘴里发出模拟打斗的声响，大人们只觉得好笑。芮雪觉得，弟弟影响了自己看剧情，但是她不知道怎开口阻止，同样地，如今，她也不知道怎么告诉妈妈，有很多事情困扰着她，她并非只能作为母亲的倾听者，但她唯一能做的就是倾听，把妈妈的话当作白噪声一样听进去。

"你的工作怎么样？"电话那头母亲突然问道。

"就那样。"芮雪脑子里快速编织了一些谎言，例如每天加班，现在这个点是抽空出来接电话的，一会儿还要回去赶进度。

"哦，那就好，少吃外卖，多注意身体。"母亲的话题很快滑向了下一个，她列举了几个在上海工作的同乡年轻人，要她加加微信。

"妈，你知道鸟长到多大会离巢吗？"她打断了母亲的话。

"什么？"

"我房子的天花板上来了两只鸟，孵了小鸟，不知道什么时候才会走。"

"所以说，你要有自己的家，这样什么事情都能有人帮你做，你一个人，鸟都赶不走。"

"那你呢？你的事情有人帮你做吗？"

电话那头母亲沉默了，她觉得自己的话有些残忍，母亲或许只是想要有个人倾诉:"好啦,微信我会加的。"

隔壁又开始出现打游戏的声音,有时候,男人还会发出一声怒吼。芮雪接到几份面试邀约,都与文案相关,但薪资和福利不如前一份工作,HR看出了她的犹豫,热心地说:"没关系,你可以仔细考虑考虑,不过毕竟在一个行业深耕需要年头,我们年纪相仿,已经经不起试错了,你说呢?"她与前公司离职的人联系过,大多已经回了老家,要么在准备考公考编,要么托关系进了老家的国企,总而言之,上海留给她的机会真的不多了。"父母帮我买了房,现在这份工作虽然到手只有五六千,但没有房贷,完全够花,接下来我大概就要去相亲啦。"一个姐姐主动告诉芮雪她的近况,芮雪的印象里,她是工位后一个戴着黑框眼镜的女生形象,嘴唇常年缺乏血色,说话也轻声细语,用她自己的话来说就是"气血虚"。

幼鸟发出欢快的叫声,想必是亲鸟带回了食物。芮雪至今没有看清那一窝究竟是什么鸟,会在何时离开,又或者,在这样温暖的环境中,它们还有必要在冬天往更南的地方迁徙吗？她已经习惯了早上上厕所的时候听到翅膀刮擦天花板的声音，如果那个声音太响，她就用拖把敲击天花板，向这窝鸟表达自己的不满，她和它们已经达成了共居一室的某种默契。

如果，等到所有小鸟都长大离了巢，自己还是没有找到工作怎么办？她对着天花板，用极小的声音说道："你们不要弄出这么大的动静，说不定下一任租客没有我这么好说话。"

她萌生了离开上海的想法，按照目前的存款，她至多还能坚持两个月，如果还是没有找到合适的工作，留下来显然不现实。如果回家，就意味着要回到那个跟奶奶共享的房间。她能想象那个场景：冬天的早晨，外面还没有出太阳，她就必须起床看书，准备考试，打开日光灯，室内的热气扑在窗户上，凝聚成一粒粒细细的小水珠，把窗外一整面黑色都变得模糊，偶有一两行水珠滴落下来，它所行经的轨迹便黑得确切而清楚。她将在这个房间中的小小书桌前度过一天中的绝大多数时光，看那些似乎永远也看不完的书，其中不排除要帮母亲搭把手——她不可能任凭母亲一个人照顾奶奶。

或许这也是一条出路吧，这样想着，她在微信上拒绝了HR的offer，对方表示理解，随即删除了她。她环顾四周，自己处在一间十二三平方米大小的房间，床是双人床，其中一半的空间她用不到，用来堆放衣物和书籍，至于书，也很少看了，桌子上凌乱地放着水杯、咖啡壶、手机架一类的物件，衣柜里春夏秋冬的衣服混在一起堆放，房间很满，但毫无秩序。她迫切地想要离开这里，像孩子把积木搭的城堡推倒后，面对一地狼藉时本能地想要逃离一样。

但她迟迟没有订回家的车票，她知道父母不会说什么，相反，他们或许早就认为自己一定会回来。参加表姐的婚宴时，母亲向大家说起她，只说她的公司"不是单位"，大家都心照不宣地没有再问下去。她也只能低头吃菜，延迟回家，也是在延迟承认自己的失败。

敲门声传来，芮雪打开一条门缝，是隔壁的男人。

"有什么事吗？"除了走道上偶然的相遇，芮雪不记得和这个男人有任何交集，因此，她不打算请男人进屋。

"我住在你隔壁，"男人说，"我要走了，有一些用不到的东西，想着你会不会正好需要。"

她这才注意到，男人手里拎着一个袋子，说实话，面对陌生人递来的东西,她一向保持警惕,但此刻,她鬼使神差地接了过来。

"不用担心,不是什么奇怪的东西,是一些日用品,我要离开上海了,你或许需要这些。"

男人说完,并没有走的打算:"其实还有一件事要拜托你。"

"什么?"

"你还会在这里住多久?"

芮雪没有正面回答这个问题,而是问:"怎么了?"

"我房间的天花板上住了一窝鸟,如果下一任住户住进来,你可不可以帮我跟他们说,这些鸟不会伤害人,最多有点吵,不要赶走它们。"

管道连接的,不止芮雪厨房的油烟机,头顶的天花板上,原来有一个可以相互抵达的通道,这个通道狭窄而隐蔽,只有鸟类才能穿过。

她无法想象,在他们共同拥有的天花板上,到底居住着多少只鸟。

休眠火山

一

医生说话的时候，周苏捷注意到窗外的悬铃木被剃了头，树干上仅剩几根光秃秃的分枝。进医院的时候他就留意到，有工人用车把捆扎好的枝丫往外运，丧命于电锯下的树枝散发出类似刚修剪的草地的味道，混合着汽油味扑面而来。他不记得在哪里听说过，那是植物受伤后释放的化学物质，实际上是痛苦的味道。他不知道那些枝叶之后要被怎样处理。做成再生纸？做成劣质三合板中间的芯材？做成摆件？……反正，它们得有用途和去处。他被这些想法分心，直到步入阴凉的医院大厅才缓过神来。

春末，他和妻子杜彤第一次来这个房间，悬铃木的叶子几乎要从窗口溢进诊室，白天，诊室内也开着灯。

现在，从窗户里看出去，悬铃木去了势，烛台一样沉默地立着，不再有跳动的火，不再有敲打着玻璃的叶子。他打赌杜彤不会注意到这些，她沉浸在"囊胚已经着床"的消息中。医生把脸藏在电脑后，告诉他们，接下来几周是关键，一个月后再来测一下胎心。

"有胎心之后呢？"杜彤问。

"那就建档，之后按程序来产检，不过，这些都可以在本地医院的妇产科进行，不用再来我们辅助生殖中心了。"医生愣了一下，随即给出回复。

出了诊室，妻子跟父母用微信语音汇报这件事，他们商量着去预约私立医院做产检。开车出医院时，周苏捷才意识到，自己以后都不需要再来这里了，他问门卫，办的停车月卡怎么退费，门卫告诉他，要去行政楼保卫处退办。时间呢？工作日上午九点半到十二点半。

"已经过了办理时间，"周苏捷自言自语，"那就算了吧。"妻子没有搭话。过去几个月，他们进出过这家医院无数次。从巢湖开车到这里，需要一个半小时，往返于这条路让他感到单调且乏味。最初一次，他们经过挂号、候诊、面诊、抽血化验等一系列漫长的等待，化验单上一串串数字以及上面的箭头让人眼花缭乱，每一串数字背后都指向一个不确定的结果。妻子被诊断出有多囊卵巢综合征、胰岛素抵抗和子宫肌瘤，这也解释了她近期的发胖和痛经，他的精子存活率则刚好在标准线上，医生的建议是两个人回家先加强锻炼，试一试自然受孕。两个多月后，妻子减了十五斤，验血指标也基本恢复正常，但子宫肌瘤的问题只能在生产后靠手术解决。即使调整了作息，搭配锻炼和合理饮食，他们还是没有迎来期待的结果。或许是太心急了一点，他想，也许不做试管，过段时间也能自然受孕。他们不像那种被判死刑的夫妻，有绝对不能怀孕的客观条件。妻子崩溃过，她在家族聚会后躲在厕所里很久，周苏捷起先没有意识到妻子的生育焦虑这么严重，直到他发现厕所的垃圾桶被香烟烫了个洞。

"三十五岁以后生孩子，万一孩子长大之前我们就死了怎么办？我爷爷就走得很早，我爸吃了很多苦。"有一次晚餐时，杜彤突然来了这么一句话。

"怎么会？现代人的平均寿命……"周苏捷试图记起在新闻上看到的数字，"总之比你爷爷那个年代长多了。"

有时候他觉得自己其实并不了解杜彤，倒不是说陌生，两个人都是在对彼此进行深入的了解后才决定结婚的。那时候，他们大概都厌倦了在约会时说一些早已被拆解开聊过无数次的内容：她在本地长大，大学也是在省内读的，中文专业，毕业的时候除了一行李箱的书，其他的都扔到了废品回收站，包括前男友送的泰迪熊玩偶。她说这话的时候把手举到头顶比画着，用来形容那只玩偶的巨大。大学生活充满了这些巨大却又无用、一毕业就能被丢掉的东西。杜彤和前男友因为毕业后的去向问题产生了分歧，他要去大点的城市，她则顺利考上了本地的编制，在一所小学当语文老师。周苏捷本人倒是经历了一些波折才留在本地，他在巢湖读的大学，带着点不安分的幻想，毕业后想要去上海工作，但很快败下阵来，回家安心接受父母的安排，包括与杜彤相亲。当他得知杜彤的大学在合肥后，在手机地图上特意查了两个学校之间的距离，驱车不到两个小时，他们过去二十多年的生活，全部在这两个小时车程的范围内。

杜彤读大学时喜欢坐大巴车回巢湖，她说因为大巴车的路线和火车不一样，火车虽然更节约时间，但它从城市边缘穿过，沿途除了山丘、水杉树林，最多的便是看起来像火柴盒一样散落在铁轨两旁的民居，她无法想象那些住在铁路边的人要承受多大的噪声。周苏捷从来没有考虑过这些问题,他觉得杜彤是很典型的中文系女生,后来他在她毕业时带回来的那堆书中,看到了一些名字很奇怪的书,《而河马被煮死在水槽里》《我的心略大于整个宇宙》之类,她会为不需要担心的事情而担心,可能是这些书里的生活给了她不切实际的想象,但他恰恰觉得他能欣赏她这一面,好像生活有了旁逸斜出的东西,不是完全笔直的一根线条。

"那么坐大巴呢?"他问。

"大巴车会经过一段沿湖公路,那段路的风景很不一样,大巴车需要好久才能跑完它。"

"你知道吗?在上海的时候,我每天上班要花一个小时在地铁上。"他当时这样说。

后来的交往中,他弱化了在上海的经历,他觉得这对杜彤来说有点不公平,她或许去过不少地方旅游,但是像她这样家庭幸福的女孩子,对外界的理解可能仅限于旅游,父母包揽好一切,她只需要跟在后面拎一拎行李箱,替他们拍拍照就好——就像他以前出游一样。

与杜彤接触一段时间后,他认为或许他们的关系可以更进一步,他挑不出她任何的毛病,虽然名义上他们已经是男女朋友了。杜彤也说，在相亲的男孩子中，他是看起来最正常的那一个。他有稳定的工作，身高和体重都还行，没有脱发，没有近视，没有龋齿，后两点杜彤颇为看中，她本身是近视，家里的亲戚多半牙齿不大好。他还会点乐器，钢琴和吉他都会。他甚至在一开始没有告诉她这些，后来他们在一个酒吧闲聊，乐队演奏的间隙，他上台弹唱了七尾旅人的《八月》，歌词是日语，他大学时学过，后来忘得七七八八，只记得五十音图，但这些就够了。他白天工作的时候花了两个多小时背歌词，反正工作也不忙，本地剧院，平时没太多演出，大多数时候都是几个人在工位上反复修改文案，时间对他来说是宽裕的。即使唱错了，杜彤大概率也听不出来。

至少对杜彤来说，在本地很难找到比他更好的对象了吧！他当时这样想，只不过，他觉得自己缺乏一种身在恋爱中的感觉。

那天他原本决定陪杜彤去合肥看望刚生完孩子的大学同学，他不喜欢大巴车上浑浊的空气，于是他们坐的动车，他真的看到了顶着硕大鸟窝的水杉树和火柴盒一般的房子，山丘阻挡了地平线，山并不高，但没完没了地连成一片，山顶上风力发电机的风车旋转着白色的叶片。

"我的毕业论文写的是关于《在路上》的研究。"他突然说，"毕业后两个月我还没找到工作，甚至了解起去新疆摘棉花的工作。"

"后来呢？"

"后来就跑去上海啦，不过现在又回来了。"

他们没有继续这个话题。

"这里的山真多。"她说。

"我们大学就是在一座火山下面。"

"火山？"

"对，火山，不过是休眠期的火山。"

"你们不担心在睡觉的时候，火山突然爆发吗？"

"怎么会？火山的休眠期长达几百年甚至上千年。"

"我知道，但是，它不是死火山，不是吗？它仍然可能喷发。"

"那是我们存在的时间范围之外的事了。"他回答。

杜彤就是这样，总是担心一些在他眼里完全不需要担心的事情，说穿了，他认为她有些多愁善感。

杜彤的朋友尚在月子里，不能出来，哺乳期的女性，穿着睡衣在家里，周苏捷也不方便上门。他在楼下的星巴克等待，在手机上刷了一会儿视频，看到过去的朋友在抖音号上发了脱口秀相关的视频，他想了一会儿，没有点赞。又听隔壁桌的男人们聊了会儿股票，几个阿姨在互相交换相亲资源。

杜彤在友人家待了差不多两个小时。

"比我想象的要快，我以为你们会聊很多事情。"他说。

"其实没什么好聊的，大家的生活都差不多，上班、结婚、生子，她跟我聊了些跟婆婆相处的事。"

他们没有着急回去，他有想要带杜彤打卡的餐厅，它有着奇怪的名字——阿卡迪亚，美团上说经营的是法国菜，但最后吃下来，最好吃的还是意大利面，他高度怀疑那是只需要微波炉加热就能吃的预制菜。他有些庆幸，杜彤没有在意这些，或者她压根没吃出来。饭后，他们沿着湖滨公园散步，对岸巨大的广告牌上亮着灯，房产广告的字体在射灯的照耀下呈现出猩红色，有机器切割钢铁的声音传过来。他们散着步，许久没有说话。

"我想起一个故事，"杜彤说，"以前在书上看到过，我认为这个故事很……"她想了会儿，才说出"浪漫"

两个字,"但是,我的朋友,就是今天看望的这个,她认为很恐怖。"

"什么样的故事?"

"很久以前的日本,有一位深居闺中的小姐,有个男子暗恋她,但是一直没有办法求娶,于是在一个深夜,男子翻墙而入,盗走了她。他们走在一条叫作芥川的河边,当时草上闪着露珠,小姐便问男子:'那是什么呀,是珍珠吗?'男子因为害怕后有追兵,便没有告诉小姐那是露珠。等到他们途经一座破庙时,男子便让小姐躲进庙里,自己在门口守候,防止有人追过来。当时下着雨,雷声轰鸣,男子没有留意到,女子在庙中被鬼吃掉了。第二天发现的时候,男子很懊悔,如果早知道是这样的结局,那么当初就该告诉她,那是露珠,不是珍珠。"

杜彤看着他,周苏捷觉得自己这会儿得说点什么,像是中学时做阅读理解,必须得挤出点话来。"可是,如果这个小姐一直深居闺中,男子又是怎么认识她的呢?"他问杜彤。

杜彤听闻,笑了出来:"你的说法也是合理的,所以也有人说,这其实是一个私奔失败的故事,两个人只

休眠火山　179

是露水情缘。"

他觉得不能让话题冷下去,他抱了抱杜彤,对方没有抗拒,一个能聊私奔的女人,内心可能也在期待一些出格的事,他想。他感受到杜彤的胸脯抵着自己的胸口,他产生了一些粗鄙的想法,但他认为这样很好,这是最好的选择,过一种他完全有把握的生活。当晚他们没有回巢湖,他认为一切都顺理成章,令他感到意外的是,杜彤没有性经验——她像是下定决心一般,要把自己的一切献祭出去,来达成一段关系。

结婚的事自然被提上了议程,虽然他觉得自己是在被某种力量裹挟着前进。

开始考虑生孩子的事,是结婚后的第三年。第一年他们没有生育计划,第二年他们觉得可有可无,也不再避孕。到了第三年,他吃不准杜彤为何对生育的事突然上起心来,桌旁的收纳架上开始出现叶酸、辅酶Q10和复合维生素片,他也每天早上按要求吃下一片据说能提高精子质量的锌硒片。他以为是来自自己父母这边的压力,但母亲在电话那头表示他们从未在杜彤面前表达过任何催生的意思,况且,他的母亲提到,你不是说想换个工资高点的工作吗?

周苏捷在生育这件事上的犹豫，一部分来自经济上的压力。剧院的工作是父亲托人找的，稳定，但薪水也不高。前些年还有诸如"某某皇家乐团"之类的乐团过来，疫情以来，演出几乎停摆，只发底薪，同事中有更好去处的人几乎都走了。放开以后，演出虽然恢复了，但质量不知道为何越来越差，前段时间，乐团演出的海报上标明了演出十二首经典曲目，但实际上乐团只演了四首，其中《波兰舞曲》演奏了两次。观众闹着退票，领导推周苏捷出去应付观众潮水般的愤怒，周苏捷对这个五十岁左右，总是穿一身黑色套装和尖头高跟鞋，尖声说话的女领导很厌恶——他也开始琢磨着换工作的事。

杜彤手头倒是比他宽裕，她是独生女，时常从父母那得到资助，做试管的费用，几乎都是她在出。周苏捷陪着跑医院，时常要请假，女领导不快，好几次他想辞职，话到嘴边又咽了下去。每次在医院接到缴费单，他都故意拖慢动作，天知道那些检查为什么会那么贵，促卵泡激素、黄体生成素、雌二醇……密密麻麻一整张单子，这些东西平时在我们的血液里谁也不会留意，做爱的时候谁会测雌激素含量有没有达标呢？他们形成了一种默契，他负责开车、取号、排队、在手术告知书上签字，以及最重要的，在取精室对着视频里的裸女完成射精。她则要经历付钱、抽血化验、B超、打促排针、打夜针、全麻取卵、移植胚胎等流程。诊室外常年乌泱泱一群人，打完夜针，他们计算着排卵时间，取卵时间通常在隔天上午。女人们都穿着医院的病号服在等待麻醉，一副生怕自己将要过期的样子。杜彤说，她看到有女人紧张到衣服穿反了，大概率是第一次来取卵，有人经过好几次失败，看上去轻车熟路，告诉她们哪个医生取卵的技术比较好。

　　幸运的是，他们的精子和卵子结合的状态相当理想，她一共取了十六颗卵子，其中有六颗发育成了二级胚胎，它们在实验室里被培养到囊胚状态，一共两颗囊胚，她决定先移植一颗，剩下一颗备用。半个月后，杜彤看到验孕棒上两条杠，但不久后，囊胚自然生化了，她又在厕所里哭了一场。她决定再试一次，第二次移植以后，她请了一个月假在家调养，这一次，一切都很顺利，医生告诉他们，如果顺利的话，他们在八个多月后就能见到婴儿了。回家后，杜彤吃了一整盒豆乳蛋糕，然后蒙头大睡。

周苏捷整理好袋子里的检验单、收费单据，他看到一张化验单上，受精卵被一一放大，医生说它们都很"漂亮"，他不确定哪一枚受精卵会成为他们的孩子，在看不见的地方，那个孩子正在悄悄成长为人的形状，他没有选择，他必须接受这件事情。

同时，他觉得自己需要一个假期。

二

从虹桥站出来，秋天的空气中夹杂着烧稻草的味道，周苏捷觉得或许是自己的嗅觉出了问题，车站附近并没有树，大概秋天就是这个味道，哪里都一样。关于这次出行，周苏捷对杜彤撒了谎，他说剧院要到上海请一个乐团过来演出，杜彤忙着在购物网站上看婴儿床和奶粉、纸尿裤之类的东西，没有对他的话产生怀疑。

为了不跟女领导在请假问题上有过多纠葛，他特意将出差时间定在周五下午到周日下午。周五，女领导通常中午就走，给的理由是孩子要学大提琴，去的是某位名师家中，该老师脾气古怪，给定的只有这个时间段。于是周五成了放松日，好像过去读中学时，如果体育课被排到周五下午最后一节课，男孩子们一到第二节课结束就匆匆收拾好书包去打球。

他有些迫不及待了。

周苏捷定的是桂林路站附近的宾馆，他曾在这一带住过一年半，带着点怀旧的意思。他在附近晃荡了一会儿，发现桂林路地铁站已经接通了15号线。长长的换乘通道，风吹进来，裹着大理石被切割开的味道，他决定搭乘这条以前没有搭过的路线，漫无目的地闲逛，他随意选择一些站点下车，在街道上行走，没有目的。

周五晚上回来后，他在宾馆内盯着天花板，沮丧的感觉突然袭来，他以为妻子会给他打电话，他甚至在地铁上就想好了理由，他一定要拒接几次电话，然后再躲在卫生间里小声说，跟客户在吃饭。晚饭他在一家连锁日餐店吃的，要了三杯啤酒，特意让服务员一起端上来，他拍下了啤酒和天妇罗的照片。如果妻子要问，他准备搭配着这些照片，撒一些无关紧要的谎。他知道这是无害的，因为他不打算做任何出格的事。

手机一直很安静，除了几个母婴公众号的推送外，几乎一晚上没有亮过，他取消了那些关注。他打开电视机，发现很多节目都要收费，于是他换到新闻频道，让声音填满整个房间。房间离高速公路很近，汽车经过时，会传来橡胶轮胎摩擦路面的声音，那声音让他感到一股陌生的恐惧——他已经很久没有进入一个高速运转的地方了。当他关掉灯和电视，准备入睡后，蓝色的夜晚笼罩着他，轮胎摩擦地面的声音没有断绝。

第二天早上，依旧没有妻子的信息，他给她发了微信，让她好好吃饭，她回了一声"好"，然后发了两个链接过来，问他哪张婴儿床比较合适，他随意选了一个，杜彤没有再回他。之后他决定不再一个人度过周六。他计算好时间和路线，剃了胡须，在宾馆的洗衣房烫好衬衫和外套，然后去理了发，要求理发师使用发蜡帮他定一下造型，这样就不用担心被风吹塌。

下午他去了常熟路一带，建筑没有变，但商店几乎都换了门头，他过去工作过的那家小酒吧，变成了一家主打小学生艺术素质培养的辅导中心，透过橱窗，他看到室内孩子们戴着帽子，穿着围裙，在机器上跟一团泥巴较劲，窗户旁的架子上摆满了孩子们手工制作的烧制陶器，有一个杯子让他想到《沉睡的救济金管理员》那幅画中胖女人连在一起的肚皮和胸脯。他想寻找酒馆遗留的痕迹，很可惜，一切都被翻新过了，过去的记忆，已经找不到物理上的载体。

于是他给蕾拉发微信,告诉她自己来上海了,问她是否有空出来一趟。秋阳透过稀疏了的梧桐树枝照到他身上,他觉得自己出了点汗。蕾拉说,今天下午要出去一趟,不知道几点能回来,不过这会儿她在家,如果来得及的话,他可以现在过来。

蕾拉住在小南门一带,她丈夫的脱口秀生意成功后,她关掉了酒吧,成为丈夫的经纪人,但周苏捷知道,他们已经在协议离婚的事宜了。

大学毕业后,周苏捷来到上海,第一份工作是房产销售,每天早晚要集合喊口号,他总不愿意开口,试用期三个月,第二个月的时候经理就告诉他,明天不用来上班了。他在豆瓣上刷同城小组,看到一个酒吧招聘工作人员,要求会乐器。蕾拉是酒吧老板,面试的时候,他弹唱了几首民谣歌曲,蕾拉就问他:"会调酒吗?"幸运的是他刚从网上学了长岛冰茶和血腥玛丽的做法,入职很顺利。后来他学会了更多鸡尾酒的调法,可惜现在忘光了。这份工作他做得得心应手,如果不是后来父亲动了个手术,他可能还要在上海再蹉跎几年。对于他的辞职,蕾拉表示理解,还是她开车送他去的车站,当时他在心里问自己，这会不会是他们最后一次见面。

蕾拉家的小区门口有穿着制服站在遮阳伞下的保安，问他去哪一栋楼，他说出蕾拉的住址，保安通过对讲器似乎与谁做了确认，便给他开门。他看到小区广场上有一面假山石，有泉水流出，小孩子拿网兜兜里面的锦鲤，总也兜不着。香樟树结了籽，掉在地上，像结了黑乎乎的痂一样，踩上去有清脆的声响。道旁香泡树的果实结在枝头，沉甸甸的，他担心会掉下来砸到他。楼栋的门廊做了拱顶设计，步入后他看到天花板上悬了一盏水晶吊灯，光线很暧昧，但水晶折射出细碎而闪耀的光，令人无法直视，工作人员帮他刷卡进了电梯。

家政阿姨给他开的门，指给他客用拖鞋摆放的位置，告诉他蕾拉刚运动完，正在洗漱，他可以先在沙发上等候。他换好拖鞋，在沙发上坐下。他不适应这个沙发的高度，似乎比家里的要矮一点，也更软一点，他感到自己微微陷了进去，沙发旁有一架电子鼓，已经罩上了防尘袋。蕾拉的丈夫曾经打鼓，不过是个很糟糕的鼓手，他不擅长运用自己的肌肉和力量，后来他开始讲脱口秀，讲述自己作为鼓手的失败，慢慢有了起色。

客厅的另一端是一个敞开的空间，里面陈列着一些

休眠火山　　187

乐器。

"你进去看看吧,有些不错的签名吉他。"蕾拉出来的时候已经盘好了头发,穿着一件他看不出材质的黑色领连衣裙,蕨类植物的图案盘桓在侧腰上,他认为绿色才是属于她的颜色,不应该只是点缀。她手里拿着一串珍珠项链,让阿姨帮她戴上。

"好久不见。"他说。

"你好久没来上海了,上一次是什么时候?"

她把头发从项链和脖子的缝隙中理出来,周苏捷闻到了柑橘类香水的味道。

"离职后就没来过。"

"我记得我开车送你去的车站,分开时你还给我弹了一首歌。"

"*Nayuta*。"

"什么?"

"押尾光太郎的曲子,我当时练习了很久,有些地方弹错了。"

"你想看看收藏室吗?我记得我们有收藏过他签名的吉他。"

他步入收藏室,灯光是暖黄色,蕾拉在放吉他的柜子外做了防护罩,几乎都是签过名的收藏版,他看到一把Galneryus(日本重金属、力量金属、新古典金属乐队)的Syu签名的吉他。他记得他和蕾拉一起去听的那场演出,他们躲在柱子后接吻,他把手伸进蕾拉的内衣里,他以为他们可以更进一步,身体和情感,但始终没有。蕾拉是他的老板,他的朋友,她嫁给了一个蹩脚的鼓手,一个成功的脱口秀表演者,一个与生俱来的富二代。

"都是我这些年的收藏,坐吧,阿姨沏好了茶。"蕾拉坐到沙发上,"你来上海几天了?"

"昨天来上海的。"他回答,随后补充道,"来看看有没有合适的工作机会。"

"工作?你不是已经结婚了吗?"

"我太太不会介意我找新的工作机会的。"

"在上海?"

"先来看看。"

"有什么需要帮忙的随时告诉我。"蕾拉说道,"我过会儿要去见律师,你应该已经听说,我们已经分居了,有些事情要提早做打算。我还不能确定几点才能回来,如果我回来得早,或许我们能一起吃个晚饭。"

休眠火山　　189

他们又说了一些无关紧要的话，他把茶水都喝了，阿姨又给他续了一次。之后他们一同出门，走的地下车库，他想到外面的香泡树，不知道果子有没有掉下来。蕾拉说："你去哪里，我可以开车先送你过去。"他说不用了，自己刚好要到处逛一逛，在地铁站附近放他下来就行。

那个下午他没有回宾馆，他真的在附近走了走。他看到待拆的弄堂与不远处陆家嘴的摩天大楼形成了美妙的错落差，一个老人坐在弄堂口梳着自己的白发，他调整了站立的位置，东方明珠便与老人身后的房子接近重合，街道上有牵狗散步的人，也有一边打电话一边等网约车的人，一个流浪汉躺在花坛上吃生洋葱，他在便利店买了一个面包递给他，流浪汉难以置信地抢了过去——他觉得此刻他们是同类人。

他确定了自己对上海和蕾拉来说，只是一个无关紧要的人。他必须搭明天下午三点半的火车回去。杜彤在微信里说，买的婴儿床约了明晚七点送上门，安装人员是男性，她一个人在家不方便。

他几乎已经确定了，这是一趟无聊的旅行。

他来到一家酒吧，要了一瓶福佳白啤酒，他不想喝会让自己醉到错过火车的酒。他问服务员要一个冰杯，服务员给他换了一瓶刚从冰箱里拿出来的啤酒。他觉得这就是人生，你不总能得到你想要的，有时候只能选择替代方案。他盯着杯中啤酒的泡沫一点点消下去。店里放着平克·弗洛伊德（Pink Floyd）的歌，最开始是 *Wish You Were Here*，中间一段名为 *Echoes*，是他们一九七一年在庞贝古城遗址上的演出原声，然后是 *High Hopes*，这让他想到了一个女孩。

三

收到周苏捷的微信，陈莞尔一开始没打算回。

给女儿做的饭她总是拒绝，半岁的时候她也这样拒绝过吃辅食，她尝过那些没有加任何油和盐粒的牛肉糊蔬菜糊，口感的确难以接受。女儿十四个月了，刚断奶，但十四个月的孩子已经有了明显的表达欲望和能力，她会用不标准的声调表达"妈妈，想吃奶奶"的意思。她尝试着给虾饼和蔬菜泥中加入婴儿盐、橄榄油和海苔碎，用玩具吸引女儿注意，让她忘掉吃下的不是母乳这件事，睡前再喂她一杯配方奶，但睡觉的时候，女

休眠火山　191

儿还是会把脑袋凑到她胸口寻找乳汁。

丈夫告诉她,小孩子就是这样,不管吃什么,还是需要母乳的慰藉,等再大一点,习惯饭菜的味道就好了。她心里有一本日历,她在对应的日期上写上"女儿断奶"几个字,她没有展望未来的经济能力和心理素质,没有一个宏大的规划,女儿大学去哪里读,未来要做什么,她觉得要让女儿自己探索。但她希望能陪伴女儿久一点,她自己的青春期在孤独中度过,在她的日历中,她希望那个时候她还能坚定地站在女儿身边。她在厨房里做好自己和女儿的晚餐,丈夫下午被叫回公司加班。她给自己烫了生菜,煎了一块牛排,牛排是丈夫公司发的春节礼盒里的,真空包装,包装盒已经扔掉了,她有点吃不准有没有过期,但隔着包装膜,她看到牛肉的纹理依然十分漂亮,她决定自己一个人吃掉它。给女儿做的饭菜她用心得多,用了在超市有机食品区买的蓝莓和球生菜,炖了新鲜的肋排,拆了骨头上的肉,女儿吃不完的肉和汤,她可以烫点蔬菜进去留给丈夫当晚餐。这些是每一个家庭主妇都会做的事,虽然她还不习惯被定义为家庭主妇。晚上丈夫回来的时候,女儿已经睡着了,他吃了剩下的汤和菜当作夜宵——他在公司吃过了,把不健康的外卖当晚饭。

"你去歇一歇吧,洗个澡。"他说。

"下个月,你妈回上海后,我想去找个工作。"她把头发扎起来,在衣柜里找干净的睡衣,女儿吃饭的时候吐了一次,她能闻到自己身上的酸味。

"不用着急。"丈夫说,"房贷我暂时还可以应付。"

她原本以为一个人带孩子没有什么难的。上个月,一直在帮忙照顾孩子的婆婆摔伤了胳膊,医生说有点骨裂,不是大问题,静卧休养就行。婆婆买了票回老家休养,陈莞尔送她去的汽车站。车门关上的那一刹那,她忽然希望自己是婆婆,在座位上坐下,随便车子带她去什么地方,风景在窗外划过,她对着窗户发呆。

她习惯性地在洗澡前蹲在马桶上刷手机,有时候孩子会在门外喊妈妈,但今天不会,女儿睡着了,还有爸爸的陪伴,她可以偷会儿懒。

"你最近还好吗?我来上海了。"周苏捷在微信里对她说。

她已经忽视了这条消息一下午,她依旧不打算回。她玩了一会儿小程序里的游戏,那些游戏不需要消耗太多内存,也不需要与人合作,她不用更换内存更大的手

休眠火山　193

机，不存在上瘾风险——只是无聊的时候随手玩的游戏。

她起身的时候又看到了那个柜子。

她没法不注意那个柜子，它就在洗脸台旁边，刚搬进来的时候，他们还感谢上一任房主留了这个柜子给他们。"洗澡的时候可以点几根蜡烛放在上面。"丈夫说，"以后可以再买个浴缸，我们躺在里面，香槟桶也可以放在这个柜子上。"

原本认为，虽然是二手房，但只有十五年不到的房龄，装修过后，至少到女儿大学毕业前他们都不用考虑挪窝。买房这件事上她觉得自己做了妥协，所以她想，装修一定要合她的心意。当时她在浦东一家少儿教育机构工作，房子却买在闵行。看房的时候，丈夫心情很好，他告诉她，附近有好几个商场，离他的公司只有半个小时不到的车程，对口的学区也不错，未来还会有地铁线开通，现在买入很划算。她对丈夫说："如果住在这里，我就只能重新找工作，通勤时间太长了。""可是，你那个工作，不是哪里都能找到的吗？"丈夫说。她的确做着一份随时可以被取代的工作，而丈夫工作的大厂那几年势头正好。怀孕六个月的时候，她依旧申请不到产假,还需要做搬椅子、蹦跳一类的动作,只能辞职。

家里也始终没有像预期的那样重新装修,首付已经掏空了几乎所有的积蓄,他们的存款在买了电器后所剩无几,装修变成了奢望,况且,房子原本的状况尚且适宜居住。他们只能在夜里拥抱的时候展望未来。直到后来她怀孕了,为了健康,只能继续这么住下去。

交房的时候,根据传统,房主留下了空调和壁柜等不能挪动的家具,那个柜子是个例外。直到半年后,她的项链掉到了柜子后面,他们推开柜子,发现柜子后的墙壁上,墙皮脱落了巴掌那么大的一块,她怀疑房主是用这个柜子遮盖它,好顺利交房。丈夫买来乳胶漆,重新刷了一下,但存在明显色差,他们最后决定,在重新装修之前,就让柜子放在那里。

"我很好,你呢?"她回复了周苏捷。

她知道一个男人不会无缘无故联系一个已婚女人,除非他想从她这里得到些什么,但她并不在意,她也有一些想要表达的东西,他们或许会成为彼此的垃圾桶。

第二天,丈夫没有加班,她给他和女儿做好了饭菜放在冰箱,告诉他哪些是午餐,哪些是女儿下午的加餐,晚餐她会回来做。丈夫怕吵醒还在睡觉的女儿,轻声说:"你去吧,玩得开心点,晚上我们随便吃点。"

她说她要去见大学同学,刻意模糊了性别。

她没来得及去理发店,出门前她洗了个澡,洗完后,在柜子里翻找出许久未用的卷发棒,把头发烫出了好看的弧度,她用的是很久以前在杂志上看到的方法,她知道现在已经不流行这样的烫法了,但她没有替代方案,生产后她经历了脱发,卷发可以让头发看上去更多一点,有种虚张声势的味道。过去三个月,为了减肥,她一直有意识地减少碳水的摄入,昨晚到现在,她甚至很少喝水。生育前的衣服她大多还能穿上,她选择了一条绿色的连衣裙,腰身部位有点紧,她归咎于生产后子宫的扩大,但她能穿大衣掩盖。过去一段时间,她的大多数胸罩都是哺乳期的内衣,要么在胸口部位设计了卡扣,要么是可打开的两片式杯罩,方便随时喂奶,她从衣柜深处找到生产前穿的内衣换上。出门的时候她习惯贴上防止溢乳的贴垫,但她认为这次不用,女儿已经断奶了,她的奶水也随之如潮水般退去,她感到很神奇,她的身体会回应女儿的需求,不受自己的控制。

周苏捷对她来说几乎算是个陌生人了,在他大学毕业的大半年前,他们通过QQ"共同好友"的功能认识,有过一段密切的来往,但也仅此而已。与现在不同,那时候她是个大胆的女孩,她在QQ空间写作,用诸如"感冒是鼻子和肺之间一场气喘吁吁的性爱"之类蹩脚的句子。她想要吓男孩子们一大跳,带点促狭的味道,但他们只是认为她有点奇怪。她敢打赌那时候没人敢接近她,那个总是穿着黑色衣服,剃着短发的女孩子,她脸上有一些日晒留下的雀斑,有时候她会买一些文身贴贴在脖子上,伪装成一些关于死亡和玫瑰的刺青,但在期末回家前,她会用热水搓掉,防止母亲担心她变坏。

那时她觉得自己可以成为一个坏女孩,一个和父母不一样的人。他们太乖了,只知道在市场上兜售蔬菜和水果,夏天把卖不完的伤痕累累的西瓜带回家吃,冬天起夜查看泡豆芽,过年的时候在饭桌上给看不起他们的亲戚赔笑脸,日复一日。没什么比跟男人一夜情更坏了,她那个时候想。她不否认那时她喜欢周苏捷,他在网上留言,告诉她他觉得这些句子很好,他完全没有被吓到,也没有因此认为她是个真正的坏女孩,他只是告诉她:"但我认为这里没有人能欣赏这些句子,你要去更大的地方。"

那年四月他们决定见面,那时候他们在网上认识了半年,他没有提出过见面,她认为他经受住了考验,但还有两个月周苏捷就要毕业了,他不知道未来会在哪里,或许见面聊一聊也不错,她想,她还从来没这样跟男孩子相处过。高中的时候,她知道班上有女孩子跟男生约会,她以为他们只是坐在草地上聊天,她好奇两个人之间怎么会有那么多话要说。"当然不会只是聊天了。"涂着亮色唇膏的女孩告诉她,"等你以后有男朋友就知道了。"见面之前她确认自己已经做好了准备,如果要发生什么,那就让它发生吧。

他们约定在学校的草坪前面碰头,那是块隐蔽的草地,在学生公寓后方一块凸起的山地上,山地连接一座更高的山。"原本这里也是那座山的一部分。"周苏捷告诉她,"可是后来开了采石场,这里的石头被采得差不多了,就被抛弃了,后来又被种上了草。学生会活动的时候,我们在这里烤过肉,我吃到了好几只虫子。"

他和她接了吻,是个长吻,她感到自己像个正在被一点点撬开的蚌,但被来修剪草地的工人打断了。

"我喜欢这个味道。"他嗅了嗅空气说。

"这叫'绿叶挥发物',"她说,"是植物受伤后才会有的味道，是痛苦的味道。"

"你是个想得很多的女孩子。"他把沾在她嘴边的一根发丝拿掉，"但你不是个坏女孩，你只是太孤单了，我也是。"

他们后来决定去爬那座山，甩开割草的人。山不是很高，早有人走出了一条路。

"如果这座火山喷发了，以后的人们就能发掘一座完整的二十一世纪大学校园。"她说。

"这是座死火山。"

"它没有死，这是休眠火山。如果有一天它喷发了，那我们就都被活埋了，不过，我们的身体在火山灰下腐烂的时候，会产生气泡，形成一个空腔，很多年以后，如果有人发现我们，会看到我们的形状。"

"你从哪里看到这些的？"

"不是很浪漫吗？我们在世上会留下一个空腔，以后的人能还原出我们的形状。"

"我觉得有点恐怖。"

他们站在山顶，夜晚一点一点降临，她看到远处的高速公路上有车行过，速度很快。

"这条路也会带你去很远的地方。"她说，"我们都会去很远的地方。"

他们在山顶接了一个比之前更长的吻,她很紧张,有点憋着气,大脑缺氧般眩晕,他开始用舌头擦着她的牙齿,他抱她的力气变大了,她不知道他在哪里储存的这些力气,他看起来瘦瘦弱弱,这让她有点害怕,但她还是决定放任他胡来。

四

他们约在地铁口的餐厅碰头,陈莞尔想,在她不理智的时候,或许地铁能带她快速逃离,没什么比躲在人群里更安全的了。她到的时候,周苏捷已经在那里了,手头有杯喝了一半的冰美式。坐下的时候她没有脱下大衣,也许待会儿她就要走,她想,没必要脱下来。衣服很轻,但构成了一道坚固的壳。

"你要喝点咖啡吗?"周苏捷说,"我不知道你喜欢喝什么。"

"一杯冰拿铁。"加上怀孕的时候,她已经两年多没喝咖啡了,不过既然孩子已经断奶了,喝一点也无妨。

等待的间隙,他想起来了:"以前你喜欢喝柠檬味的气泡水，喝完了会打嗝。"

爬完火山后，他在去宾馆的路上顺便买了红酒，她不记得什么牌子，但不会是什么好酒，他享受劣质酒精喝上头的感觉，她不喜欢，她在宾馆前台登记的时候，买了柠檬味气泡水。到了房间里，他说："如果你经历过，你也会喜欢这种眩晕的感觉。"他打开手机，播放了一段音乐："不喝酒的话，你应该听听 Pink Floyd，如果你害怕，我们可以把灯关掉。"他起身关灯的时候，听到她在黑暗中打了个嗝，他在那一刻感到她有点可爱。

"其实你是个胆小的女孩。"抱着她的时候，他感到她在发抖，"躺下来，我们听听歌吧，我不会对你做什么的。"

"这首歌叫什么名字？"

"*High Hopes*。"他说，"讲的是一个人回顾年轻时候的事，我喜欢这句'Leaving the myriad small creatures trying to tie us to the ground / to a life consumed by slow decay'。"接着，他和着曲调吹起口哨。

"我不知道你还会吹口哨。"她不再发抖了，她主动吻了他，她感受到自己下巴上的皮肤被他刚冒出来的胡须扎了一下，这让她起了点鸡皮疙瘩。他认为他们可以再试一试，但女孩重新发起抖来，他还不擅长应付这种局面，这让他看起来像个坏人。他们在黑暗中沉默了好一会儿，然后他才说："睡吧。"

"我没有特别喜欢喝的。"陈莞尔说，"你来这里出差吗？"

"差不多，有一些事情要办。"

他们之间陷入了沉默，直到服务员把咖啡端上来，问他们要不要点午餐，他要了一盘肉酱意面，她则只要了凯撒沙拉。

"你应该吃点碳水，"他说，"如果只吃沙拉，会脱发。"

她裹紧了大衣，心里闪过一丝愧疚，不知道丈夫和女儿有没有吃上午饭。周苏捷一直没有问她结婚的事，于是她不打算主动谈起她的婚姻生活。

"你这次待几天呢？"

"下午三点半的火车。"

她在心里想，他们不用再度过另一个夜晚了，这是一件好事。

"我很高兴看到你到了更大的地方。"他说,"过去你很胆小,你穿黑色的衣服,剪短发,但是那不适合你。"他在心里想着,如何用温和的措辞来表达,她的脸型根本不适合短发,她有点胖,那只会暴露她脸大的事实,她其实更适合可爱些的装扮。

可是,到了更大的地方,每天也是在盘子和衣服堆里打转,陈莞尔的内心在呐喊,但不管从哪个角度看,她都是幸福的。

"你还写作吗?"他突然问。

"不写了。"

"太可惜了,你应该继续写下去。"

她在桌子下悄悄取下手上的婚戒,揣进大衣的口袋里。她打赌她进门的时候他百分百看到了那枚戒指。

吃完饭后,他们沿着地铁线散步。悬铃木的叶子落了满地,踩在上面,她听到细碎的物质断裂的声响,扰乱了她的思绪。"带我去好玩的地方吧,"周苏捷忽然说,"我很无聊。"

他们像是在玩一场游戏,他抛出球的时候,她判断他使力的方向,然后躲避,但这次他把主动权交到了她的手里，一个在婚姻中的女人，很难把握一点自主权。

"你刚才说，你的火车在几点钟？"

"三点半。"

"哪个火车站？"

"虹桥火车站。"

"那么我们大约还有两个小时的时间。"她看了看表，下定决心要将上次未完成的游戏进行下去，"带我去你住的地方吧。"

他们叫了一辆出租车，并排坐在后座。车内的空气让她感到有点发热，她脱下了大衣，他在司机视线的盲区攥紧她的手，在她的手心画着圈圈。经过隧道时，车内忽然暗了下来，车窗两边飞速闪过的灯让她头晕目眩，司机应该早见惯了这种事吧，她想，他们在后座接吻，他的手指依旧不停地在她手心画圈。

她觉得自己一定是疯了，她不是那个被困在火山下的大学女生了，但那又有什么关系呢？至少他是无害的，他已经结婚了。他们接吻，直到出租车驶出隧道才分开。

她看到他的眼神里闪过一丝惊慌，她顺着他的目光看下去，胸口湿了一大块——她溢乳了。

她的女儿刚断奶。

出租车到达目的地的时候,她没有说话,裹紧大衣下车,然后钻进另一辆出租车。

周苏捷站在原地,口袋里的手机传来声响,他知道大概率是妻子要他在某两种型号的婴儿车或者婴儿椅之间做选择。他没有点开,他看到悬铃木的叶子被一辆疾驰的车所卷起的风带起来,又落下。

他的火车就在几个小时后,但他不知道该去哪里。

紫 河 车

一

村道走到尽头，水泥路在最后一户人家的围墙外消失了，一条撒着碎石子的土路往前延伸，四周是种着蔬菜的田地，田地被一条条小径连着，像一串串葡萄，老人们管这些小径叫作"田埂"。田埂是动态的，旱季时挖开口子，从不远处的水塘抽水入田，田的好坏，固然有自身的肥瘦因素，离水塘的远近，也是评级的标准之一。雨水丰沛时，田埂又重新合拢。如今田里大多不再种水稻了，只是零星种了点蔬菜，土地被细细地分成一垄一垄，老人们站在垄间，弯腰拿水瓢往黄瓜的秧窝里浇水——现在是见不到整片绿色的稻浪随风滚动了。

通往母亲坟墓的小径被野草淹没，小蓬草长到了成年人膝盖的高度，拉拉秧的藤蔓攀着它扩散开来，阔阔的叶片填满了人的视线。但成宵丽知道路大约在哪儿,母亲王慧岚去世后,每年清明、冬至,加上七月半和除夕早上,自己少说也是要来看望四次的,她记得住那些路该怎么走,然而来了也不知道说些什么。弟弟成斌说,妈的骨灰是我敲碎了捧进骨灰盒的,后面还排队等着好几个人,也不知道捧回来的骨灰里,有多少是咱妈的,多少是别人的。

王慧岚刚去世时,成宵丽常有一种错觉:母亲生病到去世的那三年时间,仿佛从未存在过一样,像是一粒石子被丢进了池塘,随着葬礼的结束,震荡告一段落,涟漪也都消失了,大家心照不宣地继续过日子。她时不时会想,究竟有没有人像她一样,好奇那枚石子究竟落在了池塘哪里。

王慧岚是晚上走的,那天早上,她还跟成宵丽说,吃腻了汤汤水水的,想吃点鱼肉,成宵丽答应着,也知道她吃不了固体食物了,食道被肿瘤堵得死死的,再往下的地方,癌细胞也已经扩散了。下午,王慧岚开始发烧,医生说,可能是肺部有积水,得观察几天,看能不能自己退烧,成宵丽也知道没有办法了,好像母亲的结局只有一个,他们只能陪着她一起等待。像小时候一到七点，每个台都是《新闻联播》一样，他们只有再等半个小时，才能看到连续剧。

那天，成斌从工程处下班回来接成宵丽的班，手指的缝隙里还沾着机油。成宵丽说，你坐这，看着点水，一瓶水吊完了，喊护士来换。成斌说，喊她们没用，一个个屁股像磨盘，坐下来就不动了，我自己会换。成宵丽又问，爸呢？成斌说，滨湖新城那里的工程出了点问题，三叔进的板材质量不行，得拆了重换，他在忙那个呢。成宵丽说，早说了，不要跟三叔搭伙，他是什么人，爸难道不清楚吗？这些年他瞒下的工程款还少吗？

成斌不说话，看着药水一点一点滴下，注入王慧岚的身体里。那些天母亲吃得很少，只靠打白蛋白维持营养。成宵丽对她说，妈，我回去给你做条鲫鱼，炖烂一点。王慧岚侧过头，对她说，快点回来，帮我洗个头。她后脑勺的一蓬头发随着颈部的扭转，窝到了侧脸边，脸颊凹陷，让成宵丽想起电视上科学频道报道过的楼兰干尸小河公主，她才惊觉，原来在自己的潜意识里，早已认定母亲最终是要变成那样的骷髅的。

家离医院不算远，实际上，开车兜遍整个县城，也花不了个把小时。王慧岚生病之前，家里刚买新房不

紫河车　　211

久，从村子里搬了出来。家具都是王慧岚亲自挑的，她还重拾了许久不做的针线活，给电视机、空调甚至遥控器都织了罩子，她比以前更加用心地打理家务。成宵丽的爸说，进了这家，像是进了无菌室，这也不好坐那也不好摸，沙发上的塑料保护膜，她妈硬是不让撕下来，屁股坐上去，吱的一声响。

回家前，成宵丽路过菜市场，买了两条鱼鳞泛黑的鲫鱼，要人给剖好了带回去。玄关里横着几只不成双的鞋，她把它们踢到一边，脱下凉鞋，鞋尖朝门，好好地摆着。餐桌上摆着一个碟子和一瓶开着盖子的酱瓜，碟子里是炒土豆片，炒得白生生的，只在上面放了点剁椒。从前王慧岚从不这么做土豆，成家人的餐桌上，土豆永远是切成细细的丝，冲干净淀粉焯一趟水，拿热香油炝点干辣椒浇上，再加香醋、香菜和麻油凉拌。酱瓜用的是乳黄瓜，王慧岚腌这一坛黄瓜的时候，已经断断续续咳了一段时间了，那个时候成宵丽在上海工作，平时跟王慧岚联系得也不多。家里把钱全砸在新房上，也没接到什么像样的新工程，爸爸带着弟弟去了山西大同，想要在煤矿上找个赚钱路子，所有人都觉得这不现实。王慧岚在微信上跟成宵丽抱怨，出了这个县城，还有谁买他成立军的面子，简直异想天开。母亲就是这样一个人在家，错过了最佳的治疗时期，那段时间她总说最近胃口不好，腌的泡姜也吃不下，最后去菜市场挑了乳黄瓜，用不到两升的小坛子腌了，就着它吃点粥。

成宵丽把装着鲫鱼的袋子放在水槽里，撕了一截保鲜膜，把没吃完的土豆片罩好放进冰箱，又盖好了酱瓜——爸爸走得应该很匆忙。嗒的一声，鱼尾巴击打袋子，在不锈钢水槽上发出声音。她的心也跟着咯噔了一下，然而她不想回头确认，因为她知道那鱼一定是死了的。

做好这些，她又去了客厅，入户的玄关旁，摆着一个一人高的水族箱，她敲了敲玻璃，红色的元宝鱼循声而来，聚集在她手指附近。水族箱是成立军的朋友送的，庆贺他们乔迁之喜，王慧岚买了几尾金鱼放进去，拍了照片发给成宵丽。那个时候她在上海租了一个十平方米左右的小单间，晚上回来想摆个瑜伽垫做操都不方便，她跟房东讲了很久，把双人床换小一点，房东讲，她年纪大了，一个人也不好搬，等她儿子从美国回来探亲再说。成立军和王慧岚来上海看过她，知道她住得紧巴巴，王慧岚微信跟她说，你回来多好，家里鱼住得都

紫河车　213

比你宽敞。成宵丽讲,妈,我又不傻,干吗给房东挣钱,能省一点是一点。她在网上搜索了不少水族箱的照片发给王慧岚,她讲,水族箱里养几条又瘦又小的金鱼,太大材小用了,你看看人家,一群五颜六色的热带鱼,还铺了细沙子,种了水草,灯光也讲究,特地安装了一盏白灯打在水草上,旁边是过滤器,有活水出来,水草舞动着,太有海底的感觉了。王慧岚说她事儿多,哪有那么多工夫去伺候几条鱼,人活着都没这么精细。话虽然这么说,等成宵丽从上海回来,还是发现鱼缸里的金鱼被王慧岚换成了红的元宝鱼。

她从鱼缸下的柜子里拿出鱼食,撒在水里,元宝鱼们把嘴张得大大地吃食,鱼的嘴巴有一半露在水面上,离开鱼缸里的灯光,那红也仿佛褪了色一般。她发现缸底铺着的白碎石中已经有不少粪便了,小水兰的叶尖也呈现出腐烂的趋势,她干脆伸手进去,一把将水草全扯了出来,水体变得浑浊,但她知道一切都会尘埃落定的。

成宵丽回到厨房,洗好了手,又凑在鼻子下闻一闻,腥味似乎洗不掉,她也不在乎了。她的计划是将两条鱼先煎好,用的是菜籽油,味道浓烈,煎出来的鱼焦黄紧绷，尾巴缩在一起上翘着。她关掉炉火，用碟子将一条鱼装好放进冰箱，打算明天再炖。另一条鱼在热油中发出毕毕剥剥的声响，她等那声音逐渐平静，才盛了一碗开水，沿着锅边缓缓倒进去，香葱打结，生姜切片，一起丢进去，她做这些时，意外地感到很平静，仿佛把所有的一切都屏蔽在外。

做好的鱼浪费了，王慧岚没有吃到就已经去世了，成宵丽始终想不起那条鱼的去处。冰箱里的那条她记得，守灵的时候大伯母又添了两条鱼，煎好后一起放在母亲的灵前，还有一碗干干的米饭，上面插着一双红筷子。大伯母说，弟妹可怜，只能吃这样的干米饭了。

母亲就这样落入了池塘底部，再也找不到了。

二

成斌拿着铁锹在前面开路，成宵丽拎着袋子，里面是黄表纸和纸钱，她又买了两盒金元宝，一盒纸叠的诺基亚手机。成斌想买iPhone，跑了一圈没买到，已经是中元节，再上淘宝买也来不及，只能凑合一下了。

隔不远，成宵丽就看到了母亲墓室的屋顶，顶上做了龙头形状的飞檐。日头正好，红色的琉璃瓦折射着太阳光。王慧岚去世前几天，大伯来医院看望，又叫成立军出去聊了几句，等到母亲去世，她才知道，母亲的阴宅已经盖到一半了。阴宅是照着阳宅的比例缩小了建造的，大约有一个成年人那么高。漆黑的两扇大门，门把手是兽面锡环，又镀了铜，打开后有一排水泥砌好的架子。那天是成斌将王慧岚的骨灰放到水泥架子上的。

把王慧岚埋葬在这样一个地方，成宵丽颇有怨言，四野空旷，尽是窄窄的小径，也不像公墓那样有人管。长辈们讲，这块地请山人算过了，是真龙穴，能保佑后代，又劝她，地放在那里，只能让老人种点豆角黄瓜，修了墓，就算拆迁，将来赔偿也多得多，到时候再迁公墓也行。

她知道自己再不能说些什么，不管从哪个角度看，这都是很合理的选择。况且，母亲下葬后的第二年，不远处的一块湿地就被地产商拿下了，每一次来祭拜，站在墓地的院子里眺望，湿地都呈现出不同的面貌，像一块块小小的积木，一点点搭成一片街区，因为距离的原因，她既看不到施工的人，也听不到工程的噪声，只看到一丛丛钢立柱笔直地往天空戳着。实际上她曾骑车经过那里，钢筋丛林以真实的尺寸矗立在眼前，脚手架上站着施工的工人，叮叮咚咚的噪声让她想赶快逃离。她想，母亲现在看这个世界，会不会也像这样失去真实感，多了点浪漫的色彩，转而又觉得是自我安慰，母亲已经不在这个世界了，不可能再看见。只不过，看到母亲的骨灰盒被摆在那样一个小角落，尤其是每次扫墓，都要清理一次快要侵入阴宅院子的野草，她就不得不在心里生出点无处发泄的不满。

王慧岚查出毛病后，成宵丽辞了上海的工作，用成立军的话说，女孩子，去外面见识一下就行了，况且辅导班的工作嘛，哪里都有，还不如回来，一边备考老家的教师编一边照顾妈。在这一点上，成宵丽跟成立军的想法一致，而且那段时间家里确实一团乱，在山西投资的几辆运煤车没赚到钱，成斌跟女朋友也分手了。成宵丽还记得那个女孩，成斌叫她媛媛，是他高中的同学，媛媛来过家里几次，以同学的名义。王慧岚生病后，家里顾不上这件事，等到成宵丽再想起来时，成斌只是说分手了，大约是媛媛在大学开始了一段新恋情吧。

成斌高考没考好，离本科线还差一截，爸爸想让他复读，那时成宵丽在市里读大学，刚好放暑假，一家人就开车去学校。皖西多丘陵,中学四周环山,他们一早开车去,中午才到。成宵丽还记得那个学校给她带来的震撼,他们的车子停在学校的院墙外,成宵丽看到远处的山,既不雄伟,也称不上清秀,只是地表随意隆起的一小块,像条皱巴巴的毛巾被随意扔在地上。隔着铁栅栏,家长们将保温盒塞过去,中午放学的学生们就站在栅栏里面,用勺子将食物往嘴里送,那些学生脸上木然的表情表明,他们当然没有在享受食物,说不准心里正在倒计时午休时间还剩多少。他们去找事先联系好的班主任,那个男老师看起来很年轻,正在跟一个女孩谈话,他侧身坐着,女孩站着,却低着头,刘海盖住了脸,男老师跟她讲话,在重点的地方,右手指习惯性地在桌子上敲一敲,女生始终低着头。见成宵丽他们来,男老师挥挥手让女生走了,他接过成斌的成绩单,对成立军递过来的香烟摆了摆手,成宵丽留意到,爸爸的手在空中停顿了一会儿,然后把香烟草草放到裤子的口袋里,眼睛盯着那张分数少得可怜的成绩单——他们没有底气。果然,男老师叹了口气:"哎呀,这个分数不好办呀,你们先交两万块的借读费,今天就住下吧,已经落下几天课了。"然后他在电脑上打开一张表格,鼠标拉到最底下，添上了成斌的名字。自始至终，他只跟爸爸交谈，成家的其他几个人就在一旁站着，没有开口的机会，跟凝滞的空气融为一体。

成斌在学校里只待了两个星期就逃回来了。那个时候新房还没交付，他们还住在乡下的房子里，一家人正在吃饭，成宵丽还要再过几天才返校，院子的铁门有响声，王慧岚去开门，成宵丽听到她说，你怎么回来了呀！成斌一声不吭，拎着箱子进了屋，就把自己关在房里，怎么也不出来了。成斌说什么也不愿再回去，后来就跟着他爸一块干活了。

王慧岚手术后的那年秋天，成宵丽正式入职县城的公立学校，在小学部当语文老师。那段时间真的挺窘迫，入职后很久都没有领到薪水，据说新教师入职，头半年的工资是试用期结束后再补齐的，上面又下了红头文件，规定老师不可以在外面代课。成立军好几处工程款要不回来，成宵丽靠着在上海工作大半年攒下的一点儿钱生活，好在不用租房，菜也拣便宜的买，有时回乡下看望爷爷奶奶，临走时老人家总塞给她几袋地里新摘的绿叶菜。奶奶那个时候刚做完白内障手术没多久，大部分钱也是成立军出的，三叔的意思是，老人家跟他们

紫河车　　219

住，这钱就不该他们再出，大伯那段时间膝盖出了毛病，置换人工关节花了不少钱，也只能意思一下。

王慧岚的手术被安排在端午后，端午那天，他们接住院的王慧岚回家过节。成宵丽买了鸭子炖汤，鹅是不能吃了，不利于消炎，这些知识，都是成长过程中王慧岚教给她的，至于有没有科学道理，谁也说不准。王慧岚那个时候精神还好，一进门就讲，才住院几天，怎么家里乱成这样。中午做了炒米苋，她还像往常一样，用红汤汁给每个人拌了米饭，嘱咐他们吃的时候小心点，滴到衣服上难洗。又讲，现在不比以前，我也没力气给你们洗衣服了。成斌说，丢洗衣机多方便。王慧岚瞪着他，不知道该说些什么，成宵丽用胳膊肘捅了捅弟弟。爸讲，你妈给你洗了这么多年衣服，你还没讨媳妇呢，就忘了妈。

三

成斌用粉笔在水泥地面上画了个圈，黄表纸点燃一角后扔进圈内，成宵丽拆开纸钱，一小叠一小叠地喂着火，成斌嫌她慢，自己在一旁拆开元宝盒，一翻手，一盒元宝倒在火上，又取了一小沓黄表纸罩在上面，四周冒着烟，不一会儿，火渐渐上来了。成斌一边添纸一边讲，妈，玲玲快生二胎了，你可得保佑他们母子平安。烧了一会儿纸，又问，姐，你有什么求妈保佑的吗？成宵丽就说，我想工作顺利点，最好过几年能评上职称。

风卷着白烟和纸灰，成宵丽站起身，鼻子被烟呛得发酸。成斌也起身，换了个方位蹲下避开白烟，继续往火堆里添纸，他讲，妈，你保佑姐快点帮我找个姐夫。同样的话，他在自己的婚礼上也讲过。成斌跟肖玲玲是通过高中同学认识的，其中的细节，成宵丽也无从知晓，只是在某一天的餐桌上，成斌忽然说他要结婚了。成立军问，有对象吗？成斌说，同学介绍的，本县的。成立军问，家里做什么的，人怎么样？成斌不愿多讲，只说，家里打工的，我还能认识当官人家的女儿？那时候王慧岚去世不过半年，按照习俗，不大适宜婚嫁。成立军说，你们要是能谈，就多谈段时间，至少等明年。成斌半晌才说，查出来怀孕三个月了，再等婚纱就穿不上了。

成立军的意思是，先把证领了，孩子生下来再办婚礼，刚好出了热孝期。成斌答应跟肖玲玲谈谈，晚上回来，坐在沙发上说，玲玲不同意，又说，还要五万块彩礼，两万块买钻戒和项链，县城还要有套房。成立军没了办法，只好答应去借点钱。成宵丽有点恼火，弟弟就这么把责任推给了爸爸，从小到大都是这样。她想对成斌发火，可是爸爸去房间打电话借钱了，她像根湿了的火柴，心里怎么用力也擦不出火。

成斌的婚礼是在年底举办的，肖玲玲穿着改过腰身的婚纱站在酒店外面，手捧一束紫色蝴蝶兰，花枝下垂，紫得快要滴下来，刚好能遮住点肚子。抛花球的时候，花又换成了粉色玫瑰，小小的一束，没太多累赘，成斌接过司仪给的话筒说，今天的捧花，是专门为我姐姐准备的，希望她能早点找个对她好的人。这句话好像事先背过一样，流畅但生硬。司仪拍手，唤成宵丽上台，她只能上去，走过撒着彩色玻璃纸的红毯。她看到一对新人，成斌这几年发福不少，已经有小肚子了，肖玲玲的头发在脑后结着一个发髻，四周围着紫色的花朵装饰。一套镶着粉水晶的额饰挂在额头前，企图盖住大脑门。成宵丽忽然觉得，所谓婚礼好像也只是在做一场戏，他们事先写好稿子，用平时不会用到的词语来形容自己的幸福，只会越发显得不自然。成宵丽接过捧花，台上的灯光让她看不太清台下的人，或许也没人真的在意。

成斌将另一盒金元宝拆开，也倒在火里，拿一根树枝在火堆里挑开一个口子，火烧得猛了点，他说，妈，爸要再婚了，你可别怪他，他一个人怪孤单的。成宵丽不知道自己在这件事上应该处于什么立场，毕竟王慧岚已经死了快三年了。成立军常常不在家，做他那行的，在工地上一待就是大半个月，因此，她连成立军什么时候认识的女方都不清楚。她不明白为什么他们一个个都这样，在女人的问题上毫不含糊，就像火一样，攀上一点可燃物就不撒手。

烧完纸，成宵丽起身，下身感到一阵温热，她知道怎么回事，可是日期完全不对。她例假经常不准，有时半个月来一次，有时两个多月不来，这个毛病是青春期就开始的。十七岁那一年，王慧岚听说某处有位中医，治月经不调有一手，就带她去了，喝了几服药，一直到王慧岚生病，月经都挺准时。王慧岚手术后过了两年太平日子，复发后就经常跑医院了，成宵丽常请假陪她，晚上就睡在医院，那段时间经期又开始不准，但母亲的病压在心上，比较起来，月经不调简直不值一提。

紫河车

四

药呢,先试着吃一个星期。医生滑动鼠标,在电脑屏幕上点击选取了几味药材。成宵丽不懂中药,只看到了诸如墨旱莲、干荷叶、泽泻等名字,全然不知每味药意味着什么,一张药单开好,医生依旧盯着屏幕,嘱咐她说,还有一味中成药,紫河车粉,需要你自己一会儿单独去拿,小袋独立包装,药熬好了,撒一袋进去溶开了服下,有点腥。

医生在病历本上写了几行话,又把病历推给她,嘱咐一句,不要熬夜!成宵丽还想问些什么,后面排队的老人已经将病历本递到了医生面前,成宵丽看到她的手腕,是不见骨头的松软,玉镯子下贴着一片膏药,她手里的病历本已经写了大半,边角卷卷的,泛着黄色。成宵丽从椅子上起身,老人坐下,医生看了她的舌苔,把了脉,手就又在鼠标上滑动,一边问老人问题,一边又在屏幕上点击各味中药。妇科诊室外排队的人不算多,但问题也不算少,前一位向医生诉说着病状,后面的人往往也仔细听着。药是中药,如今也代煎代送了,成宵丽在排队的时候听医生跟前面的患者讲,煎好了快递送到家,药效肯定没现煎现喝好。患者问,为什么会这样?医生回答,没有为什么,就是这么个道理。

成宵丽最后还是选择拿一包一包的中药回家,出了医院,她提着一大包药,想叫辆车回去。因为成斌结婚,爸爸把房子过户给小夫妻,把村里的房子重新装修了,又搬回去住了,成立军有信心,再过几年,还能再买套房子。成宵丽上班就变远了,家里十年前买的马自达是成立军自己在开,他又给成斌买了辆SUV,肖玲玲的说法是将来生了二胎,这种车子正适合一家人出去,看车的时候肖玲玲刚出月子不久,和成斌抱着女儿去看的。成立军提过给成宵丽也买辆车,成宵丽说她自己攒点钱,过几年再买,成立军就没再提过这件事了。

搬家那天,肖玲玲挺着肚子说,爸,你跟姐再住些时候吧,等孩子生下来,也好帮帮我跟斌斌。成立军知趣,讲,过几天让你妈过来,我一个老爷们,好些事也不太懂,你姐又要上班。肖玲玲就没再说话,过了会儿,又说,爸,一会儿你们请搬家公司吗?成宵丽说,就带点行李,其他的爸讲了都留给你们。那这个鱼缸怎么办?肖玲玲指了指客厅那个水族箱,王慧岚去世后,那缸红元宝鱼死于冬日的一场断电，鱼缸就这么闲置了。肖玲玲说，宝宝出生后，我们打算在这里加个垫子，放点玩具，给宝宝造个小乐园。爸，你们要是不想要这个缸，我过两天找人上门，当二手卖了。我们要的！成宵丽几乎是脱口而出，她说，明天我找辆卡车来搬。

一辆丰田在她面前停下，车窗滑下来，成宵丽认得司机，是学校今年新入职的地理老师房磊。

等车呢？房磊问。

成宵丽挥挥手中的草药，电动车坏了没骑过来，打算打个车回去呢。

房磊说，碰到我你还打什么车呀，上来吧。

成宵丽想开后边的车门，房磊摆摆手说，坐前面吧，后面放了药和砂锅，怕挤着你。

成宵丽上了车，前排视野很好，她看到十字路口的两边，工人们在脚手架上忙着，到处是"安全施工"的标识。房磊问，来抓药呀。成宵丽笑了笑，是呀，一些小毛病，来调理一下。房磊说，我也是，最近脸上老长痘。成宵丽看了下，说，也没看到太多呀。房磊就别过头，指着左边脸说，你看这一串。一片红色的痤疮从鬓角延伸到脖子，像煮烂了的红豆沙。成宵丽安慰他，痤疮是小病，调理调理会好的。

房磊问她家住哪儿，成宵丽说了村口大道的名字，让他把她放那儿就行。房磊不说话，过了会才说，我怎么觉得你神秘得很。成宵丽忽然有种被冒犯的感觉，或许她应该邀请房磊去家里坐坐，然而即使在学校，他们也只是在职工大会上见过几次面，并不算熟。房磊见她不开口，就说，我也只是随便说一说，开会的时候，好几次见你一个人来，也不怎么发言，不像其他女老师，争着表现。成宵丽笑了下，我也不总是一个人，只不过碰上你的时候刚好是一个人吧。

车子驶过新的街区，道路就逐渐变得细窄了，接着就进入了老城区的范围。房磊讲，老家变化太大了，才几年没回来，新楼盘就像地里的笋一样冒出来。老区尽是窄窄的路，有些被轧碎了，坑用柏油暂时填起来，地上像扣了个黑补丁。成宵丽讲，你要是赶时间，就在前面那个路口放我下来，我去花鸟市场买点鱼食。房磊摆摆手说，我有的是时间，你养小金鱼吗？我小时候养了两天，喂点馒头屑就成。成宵丽笑一笑，养了点热带鱼。房磊讲，那个挺费事呀，很讲究。成宵丽说，用点心思就成。房磊说，我觉得你太适合当老师了，将来你的孩子，肯定也很幸福。成宵丽说，没想那么远呢。有时候她站在现在，想要将心思理顺，慢慢推测出一个合理的未来：在相亲认识的男士中选一个成家，再有孩子。然而她始终无法将这种假设合理化，这一切甚至让她感到害怕，假如有婚礼，有孩子，在那样的场合下，她无疑会像个没练习过钢琴，就被推上台去表演的小孩。

所谓花鸟市场，实际上是一条窄窄的巷子，一开始或许并不窄，但沿街的门面，都把大棚往马路上延伸，只留下行人和自行车能过的宽度。房磊把车停在路口，成宵丽让他在车上等她，他讲，不碍事，我也想去看看热带鱼，没准能带两条回去养。他们往里走，路过花店，老板对成宵丽说，小姑娘又来逛啦，来看看呀，新到的发财树，好养活，电视柜、沙发柜上都能摆。小姑娘要是喜欢颜色鲜艳的，粉海芋便宜点带一盆。房磊说，有没有好打理又漂亮的。老板指着塑料泡沫箱里的多肉说，多肉好，小巧又耐旱，窗台上放着，定期浇浇水分分枝就行。

成宵丽在前面走，回头，看见房磊正盯着多肉，好像真的想买。他蹲下来看多肉，左边脸颊上那一串痤疮被一盆红鹅掌衬着，倒显得没那么触目惊心。他买了一盆乙女心，一盆广寒宫，对成宵丽说，我一个人住，家里一点绿色都没有。他拿食指的指尖碰了碰乙女心那粉嘟嘟的叶肉，显得很是怜爱。

他那股粗糙的气质，反而让成宵丽放下了警戒。她讲，回头我拉你进几个多肉群。房磊说，还有群呀？成宵丽笑了，养鱼养花，自己瞎琢磨多累呀，当然是有交流比较好。成宵丽买了一盒干虾，一盒多维营养鱼食，一盒增艳鱼食。鱼店的老板讲，新到小蓝鲨，皮肤带荧光，很好看。成宵丽就去看那几条鱼，一缸小蓝鲨，像缩小了的鲨鱼，成宵丽说，这鱼不会咬人吧。老板讲，不会，人家比尔·盖茨还在客厅里养鲨鱼呢。她挺害怕，觉得那些鱼有攻击性。房磊倒是来了兴致，他把多肉放在地上，弯下腰，拿手指敲了敲鱼缸，看它们在缸里迅速游动的身姿，站起来后叹了口气说，哎，可惜我没条件养。成宵丽看着地上那两盆多肉，在那一瞬间，她觉得它们很可怜，仿佛刚才的爱怜都只是它们主人的一时兴起。

紫河车

五

　　回家把药放好，成宵丽想找熬药的砂锅。厨房重新装修过，也不知道砂锅被搬到了哪里。王慧岚熬药遵循老传统，一人一个砂锅，不过成立军一直身强体壮，喝中药还是快二十年前的事了。那个时候乡下还没通下水道和自来水，井水冬暖夏凉，九十年代初，冰箱尚未在农村普及，夏天吃剩的半个西瓜，盛在铁桶里放到井下漂着，第二天晌午提上来，冰冰凉凉的。成立军那时在县城租了个小房子打铁，做一些火钳、铁罐之类的小活，晚上回来提一桶井水，先冲手脚上的黑灰，捧一把水洗了脸，再拿毛巾浸满井水，擦一擦腋下、腹股沟这些地方。入了秋，早上就起不来了，筋骨疼。成宵丽那时上小学一年级，成斌还在幼儿园，成立军去合肥看病的那几个月，王慧岚一直陪着他，把孩子放在爷爷奶奶那里，其实也就管三顿饭。成宵丽听到过大伯母和奶奶的对话，大伯母说，二弟这次搞不好要废了，妈，这俩孩子要不行，过一个给别人吧，留下斌斌给二弟养老。奶奶那时胃不好，总说嘴里甜丝丝，一会儿又说有苦味,跟人说话习惯性别过头,怕把嘴里的味儿散出去。她讲,看看吧,合肥要是看不好,就认命了。第二年夏天,成立军治好病回到老家,重开了铁匠铺子,后面房地产开发热,他不再做火钳、锅铲、铁罐了,从铝合金门窗到工地建材他都用心思干。成宵丽见到大伯母总板着脸,大人们讲她没礼貌,她也不在乎,也从未对人讲过其中缘由。

油烟机旁新做了一溜悬空的柜子,成宵丽踮起脚打开,却看不到里面的情形,她搬来凳子,几个小小的砂锅在里面,柜子的一角还塞着一盒霉干菜烧饼,上面写着"黄山特产",她不记得自己最近有去过黄山。她的砂锅上刻着兰草的图案,火焰舔舐过,兰花上面黑黢黢的,她企图用刷锅球刷掉那层黑色,但是那颜色好像是已经渗透了一样,怎么也去除不了。她干脆放弃,将砂锅反扣沥干水分。她拍了烧饼的照片发给成立军,半晌他回,前几天跟你罗阿姨去了趟黄山,回来随手就放那里了。

成立军不是不知道女儿在意罗娟的存在,但是随着交往的加深,"罗阿姨"还是逐渐被这个家庭其他成员默认了,他以为在成宵丽那儿也是早晚的事。起先是成宵丽侄女手上的一串周大福转运珠，肖玲玲也讲，罗阿姨有心，给孩子买了金。又说，爸一个人怪孤单的。成宵丽说，我不还在家呢。肖玲玲笑了笑说，姐，你多累呀，找个人疼你多好。

成宵丽把药倒进砂锅，又接了点纯净水进去泡药，在等待的时间里，房磊给她发微信，到家了吗？成宵丽回，到了，在熬药呢。房磊给她发了一个淘宝链接，刚才看你没买药罐，你看看这个怎么样，自动的，泡药熬药保温一步到位，你看着合适我就下单了。成宵丽不知道怎么回，房磊就说，我也是自己没耐心煎药才上网看的药罐子，你别有心理负担。成宵丽说，下次吧，我这药罐子还能用。房磊回，你真逗，吃药还盼着下一回。

大火把药烧开，又转小火炖了半个钟，成宵丽打开砂锅，里面黑乎乎一团，抹布捂住盖子，倒出来刚刚好一碗，又从袋子里找到紫河车粉撕开，粉末像佛龛前堆着的香灰，颜色质地都像。光是这么想，成宵丽都觉得自己亵渎了神灵，她上网搜了，知道紫河车是什么，拿它与佛香对比，奶奶知道了是要说她大不敬的。灰色的粉末漂在药上，她用汤匙压了压那粉末，又搅动起来，粉末与水结合，散发出强烈的腥味。

成宵丽知道它腥,然而"腥"作为一个形容词,从嘴里说出来是苍白的。真的身临其境闻到那味道,成宵丽还是不免屏住呼吸。她想起小时候夏天在湖边玩耍时,漂荡在湖面的死鱼,它们也有类似的气味,不同的是,死鱼的味道更加刺鼻更加彻底,直冲大脑。紫河车的味道稍微温和点,甚至掺杂了一点烧焦的羽毛的味道,闻久了让人眩晕。

单是"紫河车"三个字,无法击中成宵丽的敏感点,然而那味道却让她产生恐惧,恐惧的源头在于,这腥味提醒着她,与其他中药不同,这粉末曾是人体的一部分。她想起小时候的事,那个时候县城交通还不发达,县医院还在环城湖内的旧址,去一趟要过桥,所谓桥,也不过是用沙袋临时修起的通道,走起来得格外小心,碰上刚下过雨,一不小心就会陷进去。

那个时候她还很小,大概三岁,大人们不相信她那么小就已经有记忆了。她记得妈那个时候怀着弟弟,大约是觉得不舒服,想去医院看看,爸带着她们过桥。那天是个晴天,日头大,湖面上闪着粼粼波光,她记得水的声音很大,又或者是四周过于安静了——那是个沉闷的时刻。湖水拍着桥墩,荡来翻着白肚皮的死鱼,成宵丽低下头看那个鱼，她想拿刀剖开它的肚子，看看是哪里出了问题，能不能救活它。

在死鱼的一片白中，有一小片紫色，在暗绿的水体中不十分引人注目，成宵丽拽着妈妈的衣角问，那是什么呀？妈妈看到了，捂住她的眼睛说，小孩子不要问这些。后来她知道，那是流产手术刮下来的胎儿，当时医疗垃圾分类没那么严格，就倒在环城河里。妈妈看完医生后就住院了，没多久，弟弟就出生了。成宵丽记得弟弟回来时的情形，用小被子包着，皱皱的，成宵丽说，弟弟好像湖里的那个小孩，妈妈叫她不要胡说。她就去看大人们做饭了，她看到奶奶从井里提上一桶水，倒进铝制的盆里，玉镯子碰上盆，发出清脆的声响，几个女眷站在一旁，奶奶提起盆里的一团红肉，撕开上面的白色薄膜说，小孩在肚子里就是靠它活的。胎盘是奶奶特地跟医院要来的，她说，你不讲要，医生根本不会给你，这还是抢手货呢。

成宵丽记得那团肉上分布着青紫色的筋络，她卷起舌头时，能在舌背上看到相似的纹络。她记得那天女眷们问奶奶，胎盘这次还是给孩子爷爷吃吗？奶奶讲，这次给立军吃，他干活使力气，身体容易亏。女眷们讨论起胎盘的吃法，说是跟猪肉一起，剁成细细的肉糜，炖了汤再吃比较好。王慧岚后来提过好几次，女儿的胎盘被爷爷吃了，不吉利，子女的福气被长辈夺走了。

药放在桌上，成宵丽在网上搜索，紫河车能不能吃。有的讲，中成药嘛，都有严格的程序，不会出什么问题。有的讲，还是慎重，毕竟是人体组织，谁知道有没有毛病。药放凉了，她最终还是捏着鼻子一口喝了。

期末考试后，集中阅卷的工作一结束，房磊就在微信上问成宵丽有什么计划。成宵丽说，没什么特别的计划，可能会去杭州看一看。房磊问，跟男朋友吗？他的意图过于明显，且方式拙劣。成宵丽说，跟朋友一起。房磊也没再纠结这个话题，只是说，暑假他还没想好干什么，要她推荐一些好玩的地方。成宵丽没回他，过了好一会儿，他发来一段文字，说，县城里嘛，也实在没什么新鲜的好玩的地方，以后就算是想处对象，都不知道该去哪里约会。前女友在上海工作，他始终没办法站稳脚跟，才回来的。成宵丽给他发了个表情包，小熊瞪着无辜的大眼睛。她对房磊没什么特别的心思，甚至有一丝厌烦，但是她知道，他当然不是什么坏人，只不过

紫河车　　235

像个急于求成的剑客,指望着依照旧有的内功心法开创出新招式,但这一套对她是没有用的。

冷淡了几个月,房磊也就渐渐不再给她发微信了,秋季才开学,房磊的朋友圈就多了张以方向盘为背景的牵手照,上面写着"余生请多多指教"。成宵丽退出朋友圈,手指划了划,进入本地养鱼的微信群,有人问,三角灯、孔雀鱼适不适合初级选手饲养。前几年农村地区供电不稳,夏季停电是常有的事,好在夏天不用考虑气温,但增氧是关键。到了冬天,大家最在意的是增温的事。成宵丽在群里说,我冬天是不敢养三角灯的,开个窗都能死一片,但总不能一直不开窗吧。又有人讲,同意,冬天嘛,养龙鱼比较好。成宵丽给了个"赞"的表情,又说,新手养龙鱼也难,建议养鹦鹉鱼这种不大娇气的。对方回,姐姐你懂的真多,养了多久了。成宵丽回,也没几年,走过一些坑。后面又有人上来,发了个推送,"上海宠物水族展览会"几个字蹦出来。那个人说,这个周末到下个月底,为期一个多月,各位鱼友有没有有兴趣的,一起拼个车。成宵丽点开水族展的链接,她留意到未读消息多了起来,知道大家都在讨论要不要去了,去不了的理由总归就那么几个,距离远,没时间。而这些问题，本质上跟养不养鱼都没太大关系。

天气变冷几乎就是几天的事，成宵丽给马桶上套了坐便套，又检查了屋外水管的海绵套牢不牢靠。成立军说，房子住不了几年了，按理规划这么多年也该拆了，就算不拆，咱也能再买个房子。成立军把碗里的馄饨吃光，只剩下一些紫菜汤汁，成宵丽接过来，连同自己的碗一起丢进水槽，天冷后她买了一副内里带绒的胶手套，洗碗的时候，她瞥了眼窗外，柿子树已经开始掉叶子了，不久后柿子也会全部变红，她又多了一件活，这几天得抓紧摘柿子，再用热水全部烫一遍除去涩味，除了自家吃的，其他的全部分发给左右邻居和同事——这些事母亲生前就带着她做过许多次了。她也说不准自己是不是喜欢做这些，只不过一切看起来似乎都井然有序，她只要继续维护这个旧有的秩序就好。

她洗好碗，就把炉子上炖着的药倒进碗里，加了一包紫河车粉，准备喝完换衣服去上班。成立军问，什么东西，闻着这么腥。又问，明天周末，你不出去吧？你罗姨打算来家里，顺便请大家吃个饭。成宵丽讲，怎么又要请吃饭？成立军让她坐在餐桌旁，他想好好跟她谈一谈，他说，晓得自你妈妈生病这些年，家里的事耽误了你。他指了指外面的柿子树说，树叶都有长有落，人也应该这样，家里的担子也不需要你再背着了。想了想又说，罗阿姨来，家里多个人，将来拆迁也能给你们多分点钱。

成宵丽不说话，成立军就看着，等着她的答复，在成宵丽的记忆里，他好像从没在什么事上等过她这么久。他又说，爸爸也尊重你，你这些年养热带鱼，爸不也是没反对。我睡眠不好，那鱼缸一天到晚轰轰响，我想这是你的寄托，女孩子家，也就没结婚这几年自由一点，所以从来不反对你养鱼。

成宵丽听完，站起来，转身把那碗药全部倒进水槽，看着黑色的液体打着漩儿流走。她回头对成立军说，明天我不在家，我要去上海。

世纪大道的夜樱

一

出了世纪大道站地铁口,姜顺心将口罩拉下,嗅到属于春天的湿润润的空气,几株不高的樱花树伫立在那里,张开树枝迎接她,绿叶才刚刚萌出,前一晚的小雨加深了树干的烟黑色,也催发了更多白色的花朵,挤挤挨挨覆满枝条。上班族们停下脚步,手机快速对准樱花树的枝丫和背后陆家嘴的摩天大楼。

姜顺心往公司走,隔几步就能见到几株吉野樱挤在一起。上海这几年在道旁种了不少樱花,一到春天,顾村公园和同济大学自不必说,连陆家嘴沿线一带都成了打卡景点。

过了两个路口,她看到挤在期货交易所和金融大厦中间的C大,淡紫色的旗帜在风中飘着,她熟练地跟前台打招呼,往一楼左边一拐,走廊尽头一间不大的房间,是C大公共安全部的办公室,也是她工作的地方。

她与搭档露西共享一张桌子,好在桌子够大,容得下两台电脑,说是桌子,其实只是前台的一部分。露西已经换好工作服,戴部门袖章的白衬衫加黑色半身裙,头发扎在脑袋后面。换衣服的空当,姜顺心发现更衣室有一只二十六寸的行李箱。午餐是错开时间吃的,露西从便利店给姜顺心带了一盒红提,双手合十,拜托她六点以后替自己顶一阵儿,她晚上八点的飞机,飞日本。

下班前,姜顺心进更衣室换衣服,看见露西的柜子敞开着门,显然走得匆忙,白衬衫袖口的扣子没有解开,皱巴巴地被塞进柜子,领口沾了点粉底,一小块黄黄的斑点,一支口红滚落到柜子门口,呈半悬空状。此外,还有一小沓旅游宣传单,最上面的一张印着一个穿着和服的女人,正站在樱花树旁绽放着笑容。

一粒粒解开衬衫的扣子,脱下工作服,姜顺心换上长袖毛衣,将风衣搭在臂间,另一只手提了包,想了下,又把包放下,从衣柜最下面那层拿出了高跟鞋。鞋跟其实只有四五厘米,还是面试这份工作的时候买的,鞋口浅得很,脚指头几乎都挤在一起,但是她想下班后去卫生间化个妆，穿高跟鞋与妆容才搭配。出了更衣室的门，是部门的茶水间兼失物招领处的储藏室。三面铁柜占据了不小的空间，上面用带磁的标签标注了"本月""上月"以及"上上月"，每隔一个月，姜顺心就要将磁贴依次往后挪一个柜子，一个轮回下来，她渐渐厌烦了这种无聊的工作，而超过三个月还没被领取的物品，则会被清理进一个更大的储藏室。在迷宫一样的大楼里，她相信谁也不知道十楼的某个角落，还有这样一个房间，那里甚至堆了一个不知道被谁寄放至今的汽车备胎。

电话铃响起的时候，她刚拎着包出更衣室。地板是才铺的，夜班的值班员喜欢用食物来对抗睡意，食物的碎屑和含糖饮料的水渍沾在地毯上难以打理。部门经理麦克吴申请了一笔预算，将前台所在的房间铺上了木地板，高跟鞋走在上面嗒嗒地响。姜顺心碎步一溜小跑，嗒嗒声变得更加急促了。她能想象，要是再晚几秒接，那电话说不定就会被挂断，然后过几分钟后再重新响起来，假使它不再响起，那么她晚上一定会无数次想起这件事，怀疑里面的人会不会向夜班的同事抱怨这件事——经理一再强调，不要漏接电话。

她把电话接起,听筒贴在胸前几秒,平复了一下呼吸,才对话筒那边的人说出标准的开场白:你好,公共安全部,请问有什么可以帮助您?在她调整呼吸的那几秒中,对方似乎已经讲了好几个字了,一下子被她的话打断,显得有些急躁。他说话带点安徽口音,姜顺心听得出来,那个地方一定离她的老家不远。他说,我的杰克衫落在餐厅了,兜里有我的身份证。姜顺心知道所谓"杰克衫"就是"夹克衫"。她问了衣服的颜色和牌子,对方说,不记得什么牌子了,是黑色的,下午在负一楼餐厅干活的时候落下了。她几乎第一时间就确定了来电人的身份,下午餐厅有施工,承包商带来的工人们需要搭建一个小舞台,明天学校会邀请一些校园乐队来演出。她打开表格文档,在"失物招领"栏里填上了时间、地点和物品,然后对电话那头说,先生,我已经帮您记录下来了,如果有发现,我们会第一时间通知您。

做好这些,夜班的同事刚好过来,姜顺心喊他吉米老师。在这里,每个人都有一个英文名字,其实更像一个显示平等的代号。吉米问姜顺心,妮可,今天白天有什么特别的事吗?——妮可是她在这里的代号。她把风衣套上去,跟吉米讲了工人丢失夹克衫的事。吉米唔了一声。姜顺心连忙说，明天白天我来查监控看看好了，现在先去负一楼看看。吉米脱下沾着头皮屑的羽绒外套，又拉开背包，从里面掏出一瓶500毫升的可乐放在桌上讲，不要着急，又不是学校里面的人丢了衣服，然后靠在椅背上，划着手机屏幕，玩一款姜顺心叫不出名字的手游。画面在他的眼镜镜片上流动，除了不时地挠一下头，他仿佛全然进入了游戏的世界。

出了公共安全部，左手边是通往大楼北边的正门。正门有穿着紫色呢子大衣，脖子上戴着花枝纹丝巾的前台小姐。姜顺心不大能叫上她们的名字，虽然她们每天都会在电话里沟通事项，姜顺心与她们点点头，算是打招呼，便进了电梯间。电梯里常年香水萦绕，露西在行，每次吃完饭回来总说，今天在电梯里闻到了香奈儿或者纪梵希，准确到每一款香水的名字，类似的还有看到了哪款包、哪款鞋子，当然，也有时候她说闻到了狐臭。

电梯到了一楼，姜顺心走进去，依旧是香水味。里面是一个法国籍的教授，头发黑灰驳杂，来失物招领处找过好几次东西，他问她去几楼，她说负一楼。教授替她按了按钮。说了谢谢后，姜顺心就走到电梯的角落里去了。她侧过头，看见自己的影像投射在电梯墙壁上，乏善可陈的一张脸，或许她应该试着喷喷香水。现在她没有穿制服——只有派遣员才会穿制服，没有人知道她只是一个小小的接线员，没有编制，不会参加校职工大会，工资和社保由第三方机构代发代缴，或许从没有人在意这些。但不穿那个绣着部门名称臂章的制服，姜顺心反而觉得安心点，好像自己有了伪装。

餐厅里面已经没几个人在用餐了，只有一些学生坐在一起讨论问题。大厅的尽头，是工人们下午才搭建好的舞台，供接下来的校园音乐节使用。她用眼睛扫视了一圈，没有发现黑色夹克衫，又问了食堂的工作人员，他们也并没有收到衣服。

那个时候，姜顺心确实没有将这件事放在心上，的确，如吉米所说，不是学校的人丢的东西，他们是不会太在意的。

二

等绿灯的时候，姜顺心收到了方晴儿的微信：我也刚到，你不用太着急。微信头像上，方晴儿戴着茶色的墨镜，左手触摸着一面爬满爬山虎的墙壁。前年夏天，方晴儿的朋友圈定位皆是欧洲城市，显然，她对这段旅程的热情，过了几个冬天都不曾消减。与白天不同，三月的夜晚夹杂着某种并不太明显的暖意。C大的后门有一个小小的花园，姜顺心看到几株吉野樱开得正好，树下的射灯照在花枝上，被夜晚模糊掉的花瓣在灯光的照耀下重新清晰起来。树下搭了一个木制的回廊，连接花园两端，几个学生正在里面抽烟。露西有时也会在这里抽烟，前台所在的房间没有窗户，露西说，一整天像坐牢一样，她非出来透气不可。

偶然吹过的一阵风让她裹紧了大衣，她的内搭是连衣裙，虽然选了厚丝袜，然而鞋子也是露脚背的高跟鞋，整体上来说，这种天气下这样穿是不明智的，尤其是在她没有车的情况下。C大坐落在世纪大道，写字楼规规矩矩地立在八车道的马路两侧。世纪大道称不上笔直，但所有的弯曲都在一定范围以内，仿佛只是为了避免呆板一样。站在这条路上，只要把目光稍微往前放，就能看到由东方明珠、金融中心和上海中心大厦等组成的陆家嘴建筑群，看起来很近，实则挺远。

姜顺心裹着大衣过了马路，躲到另一条窄得多，也弯曲得多的路上，风不再毫无遮挡，她想叫一辆车，毕竟离目的地还有两公里左右，却迟迟没有司机接单。她往前走了走，鞋尖似乎更挤了。她有些后悔没有穿平底鞋出来，咖啡馆一定有能够换鞋子的地方，然而为了见方晴儿，她出门的时候背的是小小的提包，并没有多余的空间放一双鞋子。她一边等司机，一边往前走着，方晴儿在微信里问她要吃什么甜点，给她拍了一页菜单，她的手有点僵，打字的时候有点抖，字还没打，终于有司机接单了。

进了门，咖啡馆内暖烘烘的气氛让她脸颊发热，她问柜台服务生洗手间的位置，轻手轻脚地进去。洗手间散发着香氛的味道，是一种廉价的海洋香，淡淡的，不足以掩盖从下水管道里散发出的气味。她把手伸到铜质的自动感应水龙头下，又按了按滑溜溜的洗手液瓶子，掺了水的液体稀得流出了手心。在这种环境下，她稍微擦了点粉底液，抹了口红，不至于太隆重，但也不会流露出憔悴的上班族的底色，然后才挺直腰板，仿佛自己才刚到一样，在座位间搜寻方晴儿。

方晴儿坐在书架下边的位置，桌子小小的，铺着红白方格的桌布，两块黑森林蛋糕拿白瓷碟装着，靠近她的那边缺了一小角,她对姜顺心挥了挥手说,这边。姜顺心把提包和大衣放在座位后才坐下,方晴儿把黑森林蛋糕往她面前推了推说,刚才你在路上估计挺忙的,我就自作主张给你点了蛋糕,饮料要喝热的,你看你想喝什么。姜顺心讲,热拿铁也行。方晴儿起身去柜台点单前跟她确认,这么晚喝咖啡没关系吗?姜顺心摇摇头说,我是喝咖啡也能睡着的类型。方晴儿笑着说,还是得注意点呀,有点黑眼圈了。姜顺心用手机屏幕照了照,看得不分明,在洗手间化妆的时候也没有发现,早知道那个时候就多涂点粉底液了。

  姜顺心对化妆十分不在行,皮肤的冷暖、脸形的长短,完全分辨不出来。有段时间她也看美妆类教程,她发现那些博主无一例外都是先分析问题,找到一张脸上所有器官的类型,再有针对性地掩盖弱点,营造一种平衡的状态。她则觉得,一张脸就是一张脸,不必费尽心思改变它,就像小时候做数学题,她怎么也找不到题干中论述的需要她去解答的问题,宇宙的奥秘,数字世界的逻辑,她一丁点儿都不感兴趣,有问题就有问题好了,为什么一定要去解答。带着这样得过且过的想法,她高中的成绩一塌糊涂,高考只考了一个省内的二本,浑浑噩噩地度过了四年大学时光，然后就毫无准备地被学校赶出来，丢进社会，又稀里糊涂地过了四年。

方晴儿回来的时候拿了一个暗绿色的小托盘，里面有一杯红茶，一杯上面漂着棕榈叶图案的拿铁，小桌子一下子显得有些挤了。姜顺心坐着，臀部与皮质的椅子接触，出了点汗，然而脊背还是挺直了去喝咖啡。方晴儿问，咱们有多久没见了？姜顺心想了想，说，四年多了吧，最后一次见面还是大学毕业的时候，那天拍毕业照，咱俩应该还有合影。方晴儿问，那之后你就一直在上海吗？姜顺心耸耸肩，是呀，你知道我们老家那个地方，对年轻人来说体面点的工作都在体制内，教师编制我又没考上。方晴儿没说话，只是喝了一口茶。

前几天，方晴儿约姜顺心见面，微信里大致讲了一下她面临的问题：去年夏天，方晴儿从上海一所大学毕业，拿到了硕士学位，顺利进入一所公办小学，然而一学期下来，她渐渐对这份工作感到力不从心。

你知道吗？方晴儿喝了一口茶说道，我每天要留他们在学校做完作业才能回去，因为如果不这样，第二天交上来的作业，有一半是没有完成的，五年级了，在完成作业这一块还需要班主任盯。家长嘛，也毫不在意自己小孩的成绩，他们很多人本身就是来上海打工的外地人，养小孩嘛，只要饿不死就好了。

姜顺心想了想自己小时候，太离谱的事情没有过，但是借好学生的作业来抄，或者写作文的时候拿些无聊的例子凑字数也是常有的事。她从来不是一个认真的小孩，但也不调皮，是老师眼里可有可无的那一类学生。方晴儿接着说，其实当时刚进去，我也很热血，面试的时候前面都是些交大、复旦毕业的学生，我那个学校你知道的，在上海只能排第二阶梯，没优势的，进去后我也想好好干，但现在实在力不从心。

姜顺心听着，宽慰她说，哪个工作都这样。方晴儿凑近了点问，你工作的那个大学，最近刚好在招人，我递过简历了，HR通知我明天下午去面试，你觉得工作环境怎么样，加班严重不严重？姜顺心心里一凛，她知道，教学岗方晴儿是没指望了，进去只能做做教授助理或者学生事务管理之类的岗位，每天穿梭在城里，为喝得烂醉的教授打车，或者去医院为在酒吧打架受伤的学生填写医保证明，积攒一堆打车单据等待月底报销。然而在那一刻，她最关心的是：假使在楼梯间或者别的地方遇到方晴儿的时候，她正穿着制服，在对讲器里与保安沟通关于电梯坏了之类的问题，无疑是万分尴尬的。她抿了口咖啡说，没有寒暑假的。方晴儿听了，想了会儿说，那是挺难办，没法去外面深度游了。又问，你们那留学生是不是很多，环境肯定比我们那个小学包容得多。

姜顺心几乎要笑出来，当初她找这份工作，也是奔着所谓"自由、包容、多元化"。那之前她在一家晚托班工作，每天穿着起球的工作服，在小学门口派发气球一类的小礼品吸引孩子注意，有时候还要戴上五彩斑斓的假发和红鼻子扮小丑。晚托班负责孩子们的晚餐和作业，小孩用握过铅笔的汗津津的手去拿削好的苹果，挑来挑去，苹果上尽是一道道黑印，同样的话重复了很多遍，苹果上还是总有黑印子。现在想起来，她觉得在那里工作，最轻松的时刻就是小孩子们全走了的时候。那之前，她的脸上挂着笑容，目送孩子们牵着父母或者祖父母的手离开，像有一个无形的相机，她努力把自己的亲切形象放置在画面中，就像广告传单上描绘的老师形象那样，然而离开了那个不存在的相机，她只是一个每天有着无数待办事项的上班族，她甚至从心底里不认可自己的教师身份。公司很小，她没有自己独立的办公室，老师们挤在一间二十平方米不到的小房间里。办公桌是连成一排的，待批改的作业、老师的私人物品、外卖盒全都挤在一起，她也学会了如何在这样的空间里生活——尽可能在私人物品上贴上名字标签，把外套或者包放在自己的椅子上占着座位……公司把更多的空间放在教学区域，走廊宽敞，陈列柜里放着作为奖赏的文具，一盏灯光打在上面，营造出荣誉感，墙上贴着员工们的照片，每一位都带着摄影师要求的笑容。老板五十多了，瘦小，看人的时候眼神里仿佛有钉子。姜顺心觉得他大约是经历过背叛或者某种残酷的事件，他不相信任何人，可能也包括他自己，因而任何时候，他都极力表现出自信和对一切事物的绝对掌控，时刻准备做一场演讲一样。每天回去，即使眼睛累得都快睁不开，姜顺心还是要按照要求打开电脑写一篇两百字的工作感悟发给他。

她那时时常有种感受，仿佛自己也是养育小孩这个消费环节的一部分，是被支配的，同时又是可以被轻易取代的。她迫切希望自己能够逃离出来，找到属于自己的位置，现在看起来，只不过是从一个池塘跳到另一个池塘的差别。简历投出去后两个星期，就在她几乎快忘了这件事的时候,她接到了C大人力资源部的电话。当时她正在地铁上,列车沿着轨道缓缓驶入地下,在极短的时间内她经历了黑暗,然后车厢内瞬间亮起了灯,她担心信号在高速运转的列车里会被切断,在座位上原地站了起来,小心地在备忘录里记下面试的时间和地点。

三

到了八点半,实在没什么新鲜话题了,她们才走出咖啡馆。方晴儿和姜顺心并排走向地铁站。要开导航吗?方晴儿问,还是说你可以带路?姜顺心才发现,自己从未好好探索过这一带,无数个同C大一样的高层建筑组成了这个街区,你可以说它们是复合庞杂的,各个功能区被规划得好好的,一个人的一天完全可以只在大楼里度过,从早餐喝的咖啡吃的面包,到下午的各类研讨会,偶有上班族拿着门禁卡出去,可能也只是去取外卖送来的下午茶。因为土地资源紧张,C大甚至开辟出了一块地下运动场,单单是灯光、换气系统、恒温泳池的设计方案和能源耗费就是她难以想象的,但是没有人觉得这种生活有什么不妥。道旁的树木每年冬天都会被剃一次头，哪个花坛种什么花，汽车从哪个入口进去又从哪里出来……一切都是被规划好的。

姜顺心打开手机说，要不咱们拼个车吧。她感到自己每一根脚指头都在呼唤自由，明明面试那天也穿了这双鞋，可是却没有什么痛苦的记忆。也有可能是工作节奏放缓后，自己长胖了十斤的缘故，鞋子也渐渐变得不合脚了。她记得初入大楼时，脚踩在象牙白的大理石上，前台小姐给她开了大楼闸机，指引她进入。所有一切都是松快明亮的，走廊中间的公共区域有环形的沙发和咖啡机，有人靠在上面谈论着什么，声音不足以盖过咖啡流入杯中的声响，这一切汇成了柔和的背景音。

方晴儿和她不住在同一个方向，对姜顺心来说，这大约是今天听到的最好的消息了。两个穿着运动衫的夜跑者经过，一个穿着带荧光条纹的防风衣，另一个则只穿短袖的速干衣，他们腿部的线条好似快要在咖啡中融化掉的冰块，经过一冬，不十分明显。方晴儿说，到了可以夜跑的季节了呀！她翻开朋友圈，果然，天气一转暖，上班族就从蛰居状态切换到了另一个模式。方晴儿讲，干脆我们去搭地铁吧，地铁口的樱花应该已经开了。作为浦东的交通枢纽，世纪大道地铁站是盘踞在地

世纪大道的夜樱　　255

下的巨大章鱼形状的人工建筑，章鱼的触角伸向从世纪大道上分岔出来的不同街道，在那些小小的地铁出入口，栽种有樱花树，或许只是那么一两株，但拍樱花的时候只要稍微用点心，就能把夜晚闪着光的上海中心塔和东方明珠作为背景收入进去。

　　姜顺心留意到方晴儿穿着乐福鞋，她如实说出自己脚痛。方晴儿说，其实我羡慕你们能穿高跟鞋的，我个子不高，脚嘛，你知道，曾经骨折过，高跟鞋是不敢穿的。姜顺心记起了这件事，大三那年的冬天，楼道的声控灯出了问题，那段时间正是考研准备期，方晴儿晚上从图书馆回来的时候踩空了，伤筋动骨一百天，那时候学校特地批准方晴儿妈妈住进宿舍陪她。好几次姜顺心在校园里碰到她们，方母推着轮椅，她只比那轮椅高出一个头的样子，脑袋后面扎着麻花辫，两鬓有白发刺出来，她们似乎没有过多交谈。姜顺心在食堂也碰到过她们，方晴儿夹一块排骨，试图送到母亲的餐盘里，方母侧身，用手护住餐盘，不愿意接受，只用调羹将吃剩的花菜的菜汤浇到米饭上，低着头，几乎是把整个脸都埋在餐盘里去吃那最后的几口米饭，所有这一切都是在静默中发生的。

因为骨折，方晴儿错过了一门选修课的期末考，春节过后的新学期，姜顺心在辅导员的办公室遇到了方晴儿。那个时候她已经可以较为自如地使用拐杖了，她靠在拐杖上，见姜顺心来，对她一笑，然后说，老师我先回去了。辅导员点了下头，或许是背对着光的缘故，姜顺心注意到老师鼻翼一侧有很重的阴影，将面部整个儿拉得过于严肃了。在第二周的班会上，辅导员宣布，因为那门选修课全班没有人挂科，系里面商量后，决定给方晴儿60分及格分，那一年她也因此评上了奖学金，或许有人反对，但事情终究还是这么过去了，就像入学、毕业、找工作一样，那个学校的学生几乎都过着这样一种草率的生活。

方晴儿大学时一直独来独往，姜顺心也曾听说，方晴儿来自一个单亲家庭。她有点无法将她过去的样子与咖啡馆那个笑着点单的女生重合。好像在毕业后的这几年，方晴儿已经将自己融进了一个新的环境里，重塑了自己。

四

姜顺心在玄关处脱下鞋子，脚背上红红的一道印子，脚指头全都粘在了一起。她单腿站立，活动了一下脚指头，之后才脱下另一只鞋子。罗蔓的房门开着，她正拿立式熨斗熨着一件衬衫，手机开的免提，姜顺心听到电话那头的人说，医生讲，还是去大医院来个全面检查比较好点。罗蔓说，那你们快点过来，订明天的动车票。姜顺心进了屋子，轻声关上房门，倒在柔软的床上，一天到这里仿佛才真正轻松下来。她躺在床上审视自己的房间，首先可以确定的是，天花板已经相当老旧了，灯罩下面积聚着一点点黑色的沉淀物，墙壁上没有贴墙纸，积年累月拍打蚊虫留下不少黑印子，也无心去管了。她的房间朝北，只有黄昏时能照到一两个小时左右的阳光。房子是罗蔓租下来的，转租了一间房给姜顺心，一定程度上来说，姜顺心觉得自己交了好运。罗蔓四十了，独身，不像小女孩一样，需要过多的社交和关爱，也没有那种合租室友的男朋友时不时出现在出租屋的情况发生。她在一家日资企业工作，有着非常规律的作息，比较常见的社交活动就是吃过饭后和朋友去体育馆打羽毛球。在之前的合租经历中，姜顺心经历过合租的情侣大半夜吵架，室友十一二点做晚饭，房东临时说要卖房子等情况，大多数时候，大家都是关上房门各过各的，也有过一起做饭吃的室友，然而因为各种原因搬走后，再联系的竟然一个都没有了。罗蔓总是与她保持着刚刚好的距离，并且大方地敞开自己卧室的门，一开始姜顺心还会觉得不好意思，后来发现罗蔓真的不在意暴露私人空间，也不介意被人看到自己散落在床上的内衣，她才没有太多顾忌地使用罗蔓房间的阳台晒衣服。然而也仅仅如此而已，那种合租的女生一起在阳台上喝酒，或者窝在沙发里看电视聊天的画面，始终没有出现过。她们的关系非常踏实，不带一点戏剧性。

姜顺心打开小音响，轻声播放 Mitsume 的 *Esper*，那音乐基调明明是凝滞寒涩的，鼓的节奏却被突出出来了，一遍遍有节奏地敲动小房间的空气。有空的时候，她会去听一些音乐现场，Livehouse（音乐表演空间）通常不会很大，却在有限的空间里营造出一个短暂的乌托邦。至少在那一两个小时内，她觉得自己好像也变成了音乐的一部分，假使没有自己，那么这音乐的受众就会

世纪大道的夜樱　259

少一个,啤酒也会少卖一份,换算到乐手身上,大概他们的生活费也会少一点吧。她会穿着印有夸张图案的T恤,随着音乐摇晃着脑袋,心里说,大胆点吧,像前面那些年轻人一样,手臂环在一起,组成一面人墙,在音乐达到高潮时pogo(在音乐伴奏下一种原地跳跃的舞蹈),然而她始终只是随着音乐摇摇脑袋晃晃腿,好像一台生了锈的机器。有时候,她会告诉自己:我留在这里,可能正是因为这些音乐——这个想法无疑是在欺骗自我。

她打开手机,才想起来要向方晴儿报告自己的情况,却看到方晴儿的朋友圈果然多了几张在地铁站拍的樱花的图片,背景里面是陆家嘴巨兽一样的建筑,她说:我到家了,你呢?方晴儿回复:我也到了,明天C大见。姜顺心发了一个"加油"的表情。

罗蔓敲她门的时候,姜顺心正在脱连衣裙,听到声响后,她重新把胳膊套进袖子里,理好衣服。罗蔓说,我家里明天可能有人过来。她想起之前听到的对话,问,是有什么事吗?罗蔓说,可能不太好,我年初回去的时候我爸就咳得厉害了,家里事多,前几天去济南拍片子,说是肺里面有结节,我想着让他来上海看看。罗蔓站在客厅里,指着沙发说,明天我姐和我弟也会来,我房间的床让给我爸妈,我跟我姐打地铺,我弟睡沙发。姜顺心不知道该怎么处理这些信息,肺部结节以及对她来说完全陌生的四个人。或许也不是完全陌生,罗蔓的姐姐来过上海,当时也没有说是来干什么,只隐约听到跟丈夫之间出了点问题。她跟罗蔓有着几乎完全一样的五官,只不过姐姐要更高些,腹部也因为生育有着明显的赘肉。姜顺心记得,罗蔓姐姐总是起得很早做早饭,房子的隔音效果不是很好,姐姐用不惯这里老旧的煤气灶,总是要点很多次火,咯嗒一声,再咯嗒一声,然而她从来不会抱怨。锅里热包子的时候,她就对着客厅的镜子梳头,她个子高,因而总是弓着身子。她跟罗蔓吃饭的时候,也不会谈太多关于丈夫和孩子的事,或许是顾忌到姜顺心的存在吧。要不是罗蔓提起,姜顺心还不知道她还有个弟弟。罗蔓说,我有一个哥哥、两个姐姐和一个弟弟,爸妈是跟着弟弟生活的。他们是一个多子的家庭,罗蔓大学毕业后,就像串珠上的水晶珠子一样,与家庭扯断了经济联系,独自一人生活在上海。家庭中的爱大约是没有太多的,匀到每一个孩子身上,稀薄得可以忽略不计。罗蔓从房间的柜子里搬出所有的被褥，计算着该怎么分配给家庭成员，又拖了地，找出夏天的席子铺在地上，忙到半夜才睡。

姜顺心躺在床上，关了音响，失去了鼓点，空气突然停滞了。她在黑暗中回味罗蔓的话，于是，客厅里就好像真的传来了呼噜声，不仅如此，她还能想象得出早上起床时的尴尬，出了房门就必须穿戴整齐，而且，只有一个卫生间，大约是无法满足那么多人洗漱的需求的，那么她只能早起，或者使用公司的盥洗室。但无论如何，老人也不想生病，自己的想法是自私的，更加自私的地方在于她觉得自己被无端卷入了罗蔓的生活，从一种"小确幸"的租房生活中被甩出来，被迫去参观一个四十岁独身女人与原生家庭的会聚，尤其是看病大约会是个漫长的过程。想到这里，姜顺心打开了租房软件，企图从里面挖出另一个双亲康健的罗蔓出来。然而这个地段的房租，早就趁着春节涨了一轮了，算来算去，她还是决定按兵不动。倒是朋友圈里，露西已经到达日本了，飞机抵达后，她从舷窗往外拍了机翼的照片，地址显示是成田机场。她放下手机，自说自话，要是露西没有请年假就好了，明天她还能替自己挡一阵儿。

有时候,姜顺心挺羡慕露西那个潇洒劲儿,她比姜顺心早来两年,入职后,还是露西提醒她,记得问经理麦克吴,自己的社保到底是C大交还是第三方公司交。麦克吴笑着说,妮可,我们还是很认可你的能力的,现在派遣公司还为你们交额外的补充保险,这个福利在上海都算好的。麦克吴的办公室有一面落地窗,可以看到外面的景色,他说这话时,姜顺心看到外面的樱花开得正好,阳光照进来,窗台上一排多肉,一只圆形鱼缸里养着几尾金鱼,因为是一楼,所以光线斜斜地射进来。有时候姜顺心去高层的办公室,能看到大片大片的阳光照在办公室的绿植上。

露西跟她说,果然,咱们这些人,根本入不了他们的法眼,他们招正式员工,只要名校毕业生。露西是上海本地人,毕业于一所专科学校,按照她自己的说法,读书时光顾着恋爱了,享受人生都来不及,考试呀升学呀,及格就好。露西靠在椅子上,叹一口气说,等交满十五年社保,我就退休。正式工又怎么样呢,一个月八千一万的,买房也困难。

姜顺心有种被欺骗的感觉,入职前一天,她还借了罗蔓的熨斗,熨一件丝质的衬衫,麦克吴夸这件衣服好看。下午，服装供应商就来了，要给所有的员工量尺码，做新的部门工作装。下班后，姜顺心发现衬衫腰部的位置起了褶皱，干脆把它挂到了衣柜里。妈妈给她打电话，问她第一天上班怎么样，她听到电话那头有车鸣声，知道妈妈才从超市下班。她讲挺好的，还在适应，就是观察下来，工作有点无聊，尽是些鸡毛蒜皮的小事。妈妈说，女孩子在大学工作蛮好的，虽然不是老师，但是也算稳定下来，过几年找个上海人结个婚，就好了。要是这两年安定不下来，趁早回来，考公务员考教师编，人就那么几年青春，没必要干耗着。她觉得妈妈有一种能力，好像芥川龙之介《蛛丝》中的地狱灵魂一样，抓住一根细细的蛛丝，就觉得自己能去往极乐世界了，殊不知每一处都有考验。而爸呢，她已经快十年没见过了——父母离婚很久了。

有一次，姜顺心跟妈妈提起小时候的事，说爸带她去动物园看猴子，给她买了包花生，她没抓紧，一下子让猴子抢去了。她妈沉着脸，说，他也就带你去过那么一次，不晓得你怎么记得这么清楚。姜顺心对于爸爸更多的记忆，是关于酒的。爸爸从纺织厂下岗后，有一段时间在自家弄了个包子店。他们家那个时候住一楼，把靠街的那堵墙凿开了,弄了个门面,然而后面竟也不让这么做了,爸爸就闲了下来,总出去喝酒,喝醉了斜着步子回来,靠在被封起来的门面上,面对妈妈的质问,他说,我不喝酒还能干什么?妈妈要强,离婚后带着她搬了出来,租房子住,一路干过很多工作,前几年才凑够首付,在小县城买了房。那个房子姜顺心没有住过几天,因而也没什么好留恋的,她知道母亲最近在接触一些年龄相仿的男士,她没有反对的立场,然而也找不到特别支持的理由。好像父母子女的情感,根须虽然还是连在一起的,哪一根断了别的都会痛,但在一路奔波中,地面上的枝丫,早就被风吹得稀疏了。

妈妈总给她发一些抖音鸡汤,里面的小姑娘用拙劣的演技表演流泪,说着诸如"再小的岗位,只要你肯用心,就一定能够发光发热"之类的话。她甚至在梦里跟妈妈吵过一架,梦里母亲像往常一样,穿着超市的红马甲,烫着红色的鬈发——多年前的春节母亲的确做过这个造型。她拿着一根大葱,排队等候结账,后排的人拍了拍她的肩膀,问她,你为什么当不了正式员工?母亲拿眼睛瞥着她,问,你为什么偷大葱?她原地蹲下,抱着脑袋说,我也不知道自己为什么转不了正,我没有偷大葱。

五

第二日,姜顺心再次接到男人的电话。她调整好呼吸告诉他,衣服还在寻找。男人问,我能自己进去找吗?姜顺心说了声抱歉,防疫要求。男人说,我的身份证在衣服兜里,如果找不到,我得回老家补办,耽误工程不算,还要核酸检测,这些损失都要自己承担,我们打工的,不比你们坐办公室的,挣点钱也不容易啊。

姜顺心沉默了一会儿,然后打开电脑,在监控里搜寻昨日食堂的画面,她告知男人,一找到就会打电话给他的。她听到电话那头传来一阵机器的切割声,男人顿了顿,等那声音过去才说,那麻烦你了,我加你微信,找到了,我一定请你吃个饭。

男人的"了"说得像"呢",老家人前后鼻音不分,因此很容易辨认出来。这让她想起自己的表哥,他读书不行,十八岁开始跟着师傅做建筑工程,每年过年回家,表哥都会换上新衣服,兜里揣上万把块钱,一整个春节,走街串巷,跟老友聚会打麻将,钱花得差不多,就再出去，周而复始。妈妈跟她说，你别看你表哥过年回来花钱大手大脚的，我跟你姨去过他打工的地方，一间工棚，窝七八个人，有的还是夫妻，就单独弄个帘子遮住床。出来就是漫天扬灰，盒饭里都有灰，装修涂料也刺鼻子，只有他们年轻人受得住。

姜顺心看到监控里，一个白发老人吃完饭后，顺手拿走了工人之前遗忘在沙发上的皮夹克，她认出了这个外号"爱因斯坦"的老教授。前不久，他就因为丢失电脑来找过姜顺心，声称办公室进了贼，最后警察都出动了，才查出他的电脑一直放在住的地方，根本没带来学校。上个星期，地铁站的工作人员打来电话，说爱因斯坦迷了路，最后麦克吴在徐家汇地铁站里接到了他，工作人员说，老人家在里面兜兜转转了大半天，就是记不起来自己要去哪，好在后来地铁站的工作人员看到了他的工作证，照着上面的电话打给了公共安全部。麦克吴私底下说，人上了年纪，记忆错乱也是有的。

姜顺心在微信上问方晴儿面试如何。对方回了一句还在路上呢，心情紧张。姜顺心又给她发了个"加油"的表情包。她看了看自己制服上的袖章，还是决定去找爱因斯坦要回夹克衫。到了十楼，她敲了敲爱因斯坦的门，无人应答，她在微信上找到爱因斯坦的助理，将情况说明。等回复的空隙，她站在十楼的玻璃墙边，阳光倾泻在窗边的绿萝上。下面的街道和行人，因为隔了距离，变得积木一样小。远远望去，东方明珠的塔尖在太阳下闪着光，她突然感到一阵恐惧，单凭个人的力量，是无论如何也建造不出这些宏伟的建筑的。

"老师身体不适，今天开始休假，可能需要回美国治疗。"

姜顺心看到助理发过来的信息，心中一惊。她把截图给麦克吴看，过了会儿，麦克吴在微信里回：告诉工人，夹克衫找不到了。

工人再次打来电话的时候，姜顺心深吸了一口气，接起电话的时候，她听到对面有机器切割钢铁的声音，工人问她，我的衣服找到了吗？姜顺心将在心里默念过好几遍的话说了出来，不好意思，您报告的那个方位是监控死角。她感到自己的脸上一阵热热的。电话那边沉默了一会儿，只剩机器切割的"吱——"一声填满他们之间的沉默，工人忽然说，你们是不是根本没把我的事放在心上？又是"吱——"一声，姜顺心觉得自己的心跟着这句话一起下沉，有一种肥皂泡被戳破了的感觉，辞职的念头在她脑海中一闪而过。

进地铁口之前，姜顺心在朋友圈看到方晴儿的动态，是C大offer的截图，她回了"恭喜"。方晴儿很快在下面回复："以后咱们就能常见面啦！"

她停下脚步，给罗蔓发消息，问她父亲怎么样。罗蔓说，不太好，下午去了肿瘤医院，基本确定是癌症了，现在先回家，等化验结果出来还要排队等病床化疗。姜顺心的手指在屏幕中点击，搜索一些安慰的词语。她看到屏幕上罗蔓那边"正在输入"几个字，忽然意识到，从今天开始，房子里就不再是她和罗蔓两个人了，但没什么比治病更重要。她能想象罗蔓此刻的心情，自己搬出去更有利于她父亲养病，她总觉得罗蔓"正在输入"的那几行字，是在表达这个意思。在她停下的那几秒钟，不断有人从她身边走过，她的肩膀被另一些人的肩膀撞到了几下，几句"不好意思"轻飘飘地落在耳朵里。

她抬起头，看到地铁口那几株吉野樱，夜晚在射灯的照耀下，樱花流露出一种被精心展示的美。她把手机凑上去，有意地往下调，将街道和建筑隔离出画面，只剩樱花在夜空中绽放的姿态，要是人生和樱花一样，是不需要背景、不需要被解读的存在，只管自顾自地绽放，那就太好了。

后记：悬浮术

《到上海去》是我的第一本小说集，在这之前我断断续续写了快十年，但直到现在我都有一种不真实感：小说集的出版是对过去写作的阶段性总结，但作为作者，在修改过程中不断回看自己的作品，难免会感到羞愧，总觉得可以写得更好一点。小说创作既需要作者克服自大的心理，又要承受作品难以抵达设想中的完成度的失落。

最终呈现在读者面前的这本小说集，如果用我自己的感受去解释的话，写的是关于"悬浮"的生活技艺。"悬浮"并不意味着脱离实际，而是面对生活的暗流和旋涡，个体仍然能够保持头部以上浮出水面，等待风浪变小，即使水面以下，双腿已经用尽全力在划动。比起在激流中奋勇前进的人，我更想写大多数没有太多勇气和力量的人，写更加鲜活的关于个体的爱憎、狼狈、挣扎、欢欣、失落……如同天体悬浮在太空，人和这个世界之间也存在各种"引力"作用，一个人走过很多路，受过很多人和事的影响，才能成为当下的自己。《百年好合》《去迪士尼》《珠穆朗玛》三篇写的都是中老年女性的生存状况，她们身上既有时代划给她们的生命轨迹，也有自己的爱欲挣扎。她们做的并不是传统意义上体面的工作，护工、保姆等体力劳动是她们维生的手段，但因为这些工作与"母职"相冲突，所以在《珠穆朗玛》和《去迪士尼》中，女性都面临着照顾子女和继续工作的选择困境，《百年好合》则书写了命运的无奈和微小的情感力量。剩下的五篇探讨的是年轻人的生活状态，《鸟居》《世纪大道的夜樱》中写到了沪漂女性的群租房生活，《洄游》和《紫河车》则写了年轻女性和她们原生家庭的故事，《休眠火山》中男性和女性视角并行，它更像是为我们这一代人发出的一声轻叹：到中年才后知后觉，人生已经失去了大部分可能，但仍不甘心，仍对青春怀有眷念。在过去的每一个分岔口所做的选择，已经真切地牵引着我们——生活在一点点拽紧约束我们的缰绳。

小说集在我三十三岁这年出版，对新人作家而言，这并不算早，往前推十几年，2013年我大学毕业，经历了考研和考编的失败，却并没有很恐慌，因为总觉得还有很多可能，未来也不一定要写小说。那年夏天我在微博上看到上海作协举办的"90后创意小说大赛"的信息，试着投了一个小说的片段，写的是原始人的爱情故事。一个男性尼安德特人走在冰冷的山谷中，回忆着自己爱上一个女智人的故事，女智人启发他什么是爱，为了追随她，他离开了自己的族群，开始了漫长的流浪，他既无法回到自己的族群，又没有确定的未来，这与我自己当时的状态是同构的。接到入选通知的时候，我抱着去旅游的心态去了趟上海，认识了一些写作的朋友。在此之前，我的身边没有人写作，现在，我同其中的一些人仍保持并不频繁的联系，像太空之中的飞船，我们通过偶尔的信号来了解彼此的近况。

我自己有过很久的沪漂经历，漂着，意味着融不进去又逃不出来，只能悬浮。在那种状态之下，人似乎很难认真考虑"要不要写作"的问题，有时间的时候写一点，便已经算是努力了。对我而言，写作本身固然困难重重，但如何在谋生之余找到大块时间创作，则是更加困难的事。所以，2020年通过考研去华东师范大学读创意写作，对我而言是一个非常难得的机会，但要说下定决心开始全身心投入创作，也完全没有那个勇气，它更像是我给自己的一个间隔年，在这段时间内，可以稍微松口气，静下心来写点作品，当时的想法就是这么简单。正是因为知道创作的艰难，所以不敢说读了创意写作，就一定要当作家，写作对我而言仍然是一个前途未明的进行时。

"悬浮"的生存状态其实并不罕见，如果一个人既无法往前进一步，又缺乏退路，也没有躺平到底的勇气，用尽全力却只能维持眼下的生活，他就会在这种"悬浮"之中感受到疲惫。我不敢说写作拯救了我，但它的确在每一个看不到未来的日子中，让我始终能有一个出口。《到上海去》中我自己比较喜欢的一点在于，其中的人物虽然或多或少都处在悬浮状态，感到折磨和疲惫，但他们并没有完全丧失自我，其中大部分人始终对未来抱有期待。小说的基调虽然略显心酸，但并不是一悲到底，我希望读者能体会到的，是一种复合的情感状态，它不悲哀，而是能让人轻叹一口气的存在。